近芳集

秀宁 著

陕西新华出版传媒集团
太白文艺出版社·西安

图书在版编目（CIP）数据

近芳集 / 唐秀宁著. -- 西安：太白文艺出版社，2021.9（2023.2重印）
ISBN 978-7-5513-2003-0

Ⅰ. ①近… Ⅱ. ①唐… Ⅲ. ①散文集－中国－当代 Ⅳ. ①I267

中国版本图书馆CIP数据核字(2021)第175618号

近芳集
JIN FANG JI

作　　者	唐秀宁
责任编辑	李　玫　杨　匡
封面设计	陈永奎
版式设计	邓晓菊
出版发行	陕西新华出版传媒集团 太白文艺出版社
经　　销	新华书店
印　　刷	三河市嵩川印刷有限公司
开　　本	889mm×1230mm　1/32
字　　数	150千字
印　　张	8.5
版　　次	2021年9月第1版
印　　次	2023年2月第3次印刷
书　　号	ISBN 978-7-5513-2003-0
定　　价	42.00元

版权所有　翻印必究
如有印装质量问题，可寄出版社印制部调换
联系电话：029-81206800
出版社地址：西安市曲江新区登高路1388号（邮编：710061）
营销中心电话：029-87277748　029-87217872

目 录

001	春来同谷别有情
010	儒雅安时俗 蔼然和气中
	——我眼中的杨立强先生
018	怀念翼之先生
047	才情若春水 风日俱洒然
	——田瑞龙其人其画
053	春叶参差吐 新花次第开
	——对杨文治及其书画创作的一点认识
063	诗意的笔墨情趣
	——鲁大鹏花鸟画印象
067	不灭的爱与火焰
	——甲午仲秋于成县美术馆读佐军油画

071	柔软的三月
086	官鹅四重奏
092	山湾梦谷礼赞
103	弄堂里的人生
109	陇南年味儿
114	趣话成县方言
119	散　步
122	扶贫工作笔记
147	逐花而行蜜蜜甜
159	客履诗怀扶贫路
183	丹堡镇扶贫采访小记

194	诗意政声话榆树
205	春风化雨驻村情
214	小城七月
221	孩儿心
228	东大街19号
242	逐 客 记
254	十 字 街

春来同谷别有情

  山外山画室外的九树梅花从隆冬一直开到春三月,从芳香馥郁到清逸幽雅,一年中四分之一的时光在梅香中度过。花儿们开得热闹,客人们来往殷勤,九树梅花主人杨立强先生一边作画课徒,一边接待赏梅的雅客,这就让紫金山下那小院的一角仿佛比别处温暖许多。

  梅花渐渐地谢了,然而院子里花香未减,玉兰在春风中盛开。两株树姊妹样并着肩,白花像云,紫花如霞,一时间云蔚霞起春晖满园。在一天比一天和暖的日子里,客人们白天来赏花,学生们晚间来请教,杨先生从冬寒尚在忙到春暖花开,似乎越忙越有劲头。也是,看着后生晚辈不断进步的书画习作,杨先生心里何尝不像是看到满园子各自芬芳的花朵儿那样欣喜呢?

  身为同谷书画院院长的杨立强先生,同事们很少称呼他为杨院长,大家都喜欢称他为杨老师。年轻同事更愿意说自己师从杨老师,深以做先生的学生为自豪。的确,有杨先生为师,学生们是要少走很多弯路的。杨先生在指点学生的绘画学习上,常常不遗余力、不厌其烦,不但将自己在笔墨运用上的心得体验毫无保留地传授给学生,引学生走上绘画之道,同时又以自己的行动潜移默化,使学生领悟到做人之道。

杨先生有一个当年的学生,现在某高校艺术学院任教,就曾在一个座谈会上很动情地说,杨老师对我们的影响,首先是人品,我的老师是当今为数不多的人品、画品合一的画家。

当年跟从杨先生学画的学生,年长者与先生不过相差几岁,虽然学生在先生面前执弟子礼,而先生却早已把学生们当作自己的朋友来对待。先生的学生中,有为数不少的人已在各自的绘画事业上小有成绩,有几位还在各地的文化部门当了负责人。逢年过节,学生们从各处赶来看望先生,先生必择日在家中宴请学生们。十余人的饭局上,满桌的美味佳肴全出自先生之手。学生们来之后,先生做好的凉菜已上桌。待大家坐定,先生亲自给在座的每人斟一杯酒,自己先端一杯,说今天请大家来,吃的是家常饭,大家别嫌弃,不过图个热闹。说完自己先干杯,学生们紧跟着也都干杯。有人站起来要给先生敬酒,先生就笑了,说:"给我敬啥酒嘛,你们要好好喝,我这就要下厨去炒热菜哩。"

我每受邀去参加这样的饭局,都非常羡慕人家说自己是先生的学生。我遗憾自己不会画画,不能得到先生的指点。但我又想,先生不但画画得好,文章也写得好,我何不拜先生为师学做文章呢?

可是这个想法我一直都没敢说出来。我除了一期不落地细读《同谷》杂志上先生的专栏文章，还把先生的随笔集《彼岸无岸》常放在手边，尤对首篇《寂寞长安烟雨痕》情有独钟。简洁明了的语言、开合有度的叙事，忆师恩一往而深，话当年如影历历……文中所叙先生耳濡目染恩师蔡鹤汀高妙超拔的画艺与不同流俗的人品，虽寥寥数语，然意蕴深厚。掩卷沉思，谁能说这不是一篇情景交融的精彩华章？谁又能说这不是一篇倾心而诉的至性美文？

　　就在这样的阅读中，我忽然明白，做先生的学生，其实已经很久了，只是我没有行过拜师礼而已。从读先生的文章始，到后来与先生的频繁接触，再到先生长期以来给我工作和学习上的支持和帮助……我早已在不知不觉中学习先生的文笔，力求把文章写得平实朴素，并向往着先生"写到童真"的境界；也早已在潜移默化中学习先生的人品，以期让自己也能够"胸中洒落，如光风霁月"。

　　去年年底，我着手整理一册有关本地岁时节令的散文集，心里一直有个念头，就是想让先生帮我看看稿子，提一些宝贵意见。可是我又拿不准先生愿不愿意花时间看我的习作，踌躇了很久，我才忐忑不安地说出自己的想法，没想到先生竟欣然应允。喜出望外的我赶紧回家把稿子遴选出来，打印成册，毕恭毕敬给先生送去。

　　两个月后，先生告诉我，稿子他看完了。先生从中举出几篇印象深刻的文章，从语言和立意上给了我充分的肯定，同时就文章细节提出了自己独到的意见和建议。尤其有几处描述不准确或者失误的地方，先生也都一一给我指了出来，让我回去认真修改。

说到家乡的岁时节令，先生兴趣盎然，从他小时候过年过节，讲到今天节令时候家乡依然沿袭的风俗。先生讲得投入，我们听得着迷。我边听边记，回去后对比先生所讲和我平时搜集的资料，取长补短，尽可能地充实和丰富了我的文稿。

又过了一段时间，先生将我的书稿推荐给他的朋友沈奇教授，委托沈教授写序。这真是天大的好事。沈教授亦是我敬仰的学者，作为现代诗学领域的知名文艺评论家，沈教授的工作任务和活动非常多，跟杨先生一样都是百忙中人，他愿意抽时间看我的习作并为之写序，完全是看在和杨先生的交情上，也是对杨先生的信任和尊重。后来在杨先生的画展上，沈教授在吃饭的间隙找我专门谈了对我那份书稿的看法，就怎样平衡文字的质与文说了一些自己的看法和建议，让我受益匪浅。沈教授的和蔼和风趣，也给我留下了深刻的印象。

周末闲暇，我除了分别探望住在乡下的母亲和婆母，总要挤出时间去先生家里小坐。通常都是在晚饭后才去，说是小坐，其实一坐就是大半夜。先生家常有客人造访，这一个刚进门，那一个却正在道别，真可说是门庭若市。先生和家人一道迎来送往，的确够累，但先生从没有厌倦之色。先生常说，他近年越来越觉得自己在待人接物上在渐趋平和，更加像自己的老师蔡鹤汀。说这话的时候，先生的语调不无骄傲和自豪，同时又带着些许缅怀的意味。

客人中有登门求画的，有请先生出席一些活动的，也有学生们拿了画作来求先生指点的，先生无一例外都热情接待。我常常感慨先生真是有极旺的人气和精力，欣羡先生的人格魅力之强。不管在同事眼中，还是在学生心中，或者在任何身份的客人看来，先生总是值得信赖，值得让人敞开心扉的。

有一年冬天，先生受县慈善协会负责人邀请，去一个喜爱画画的残疾青年家里慰问。我陪同参加了那天的活动。那个名叫陈水平的青年双腿残疾，又兼耳聋，却一直坚持自学画画。通过笔交流，陈水平告诉先生，他做梦都没有想到杨先生这样的大画家会来看望他，他希望能在绘画上得到杨先生的指点。然后他拿出几十幅画作请先生逐一详看。看罢，先生表示愿为他示范一幅梅花图。陈水平拄着双拐在先生一侧，凝神屏气看先生一气呵成一幅白描梅花团扇，上题王冕《白梅》：

冰雪林中著此身，不同桃李混芳尘；
忽然一夜清香发，散作乾坤万里春。

先生一搁笔，陈水平便紧紧握住先生的手，眼含热泪，激动得语不成句。稍稍平静之后，陈水平邀请先生与自己合影留念。慰问回来，先生又找了几本名家画册，托人送给陈水平，鼓励他多练笔，多临摹。

还有一回，我们一行人随先生去鸡峰镇参加一个书画交流活动。先生那天心情格外好，连续作画近两小时，画了至少有二十余幅小品画。酣畅恣肆的笔墨下，山宁水静、牧歌悠扬；俊逸疏朗的画面上，兰雅荷清、生趣盎然。那天现场先生赠我一幅水墨荷花，我回去找人装裱后，置于书案上，为我小小的读书间平添几许雅致。

因那天的活动是在室外，先生作画引来许多围观者。小镇人不多，但知道先生画名的人不少。一时间，人人都想趁着好时机得到先生的一幅画。有位性急的年轻人，唯恐先生的画轮不到他，干脆守在一旁紧紧盯着先生的画笔。先生停笔喝水时，刚想把水杯拿起，年轻人立刻给先生换一杯滚烫的热水，毕恭毕敬递到先生手里。因为水太热，先生只好将水杯放回桌上，继续画画儿。待到想再次喝口水，可那年轻人又用热水把杯中的温水换掉，如是三四回，先生竟不能喝上一口。旁边另有人急了，轻斥年轻人没眼色，年轻人这才反应过来，脸红到了脖子根。然而先生根本就没有计较，而是问年轻人："给你画个啥呢？"年轻人窘得无法，只连声说："谢谢！谢谢！随便您画什么都好。"先生就欣然提笔，画一幅晚归图，暮霭四合处倦鸟入林，炊烟袅袅中一童牧归。画面恬静祥和，引人神往。

常常有跟随先生学画的学生，或者一些业余绘画爱好者，都喜欢把自己的习作拿到先生的山外山画室求指点。先生逐一给求教者讲解，从未有过不耐烦。即便一些尚未入门的习画者，先生也是很郑重地对待人家的作品，尽量把批评的话语讲得委婉一些，生怕打击了作者的积极性。对待一些还不够成熟的作品，先生会诚恳地肯定作品的某一处优点，然后再着眼缺点和不足，一边细心讲解，一边指点比画。讲到兴头上，索性捉笔挥毫，现场示范。一时间，学画的也罢，不学画的也罢，都得以有幸亲见先生是如何把生活中的美与爱轻而易举地搬到小小的画幅当中。

示范的画作，通常都由先生赠予求教者和在一旁观画的我们。先生的夫人郑彦女士常常笑着说：哟！你们真是好福气，左示范一张，右示范一张，全都示范到你们手里去了。接着郑阿姨的打趣和调侃，大家乐呵呵说笑一回，往往已是深夜，赶紧告辞，先生必亲自把大家送到大门外，眼见得我们从院墙角拐过去了才关门进屋。

我虽未习画，却遇到过几次杨先生给学生示范画作，之后赠画惠及于我，因此我也拥有了好几幅先生的山水、花鸟小品。每一幅都让人心生欢喜，每每展卷欣阅，当时先生课徒的情景再现，那些画幅，就满满地充盈着一份温暖。

郑彦阿姨生得漂亮大方，性率真，喜热闹，偏爱美食。每每家中做了好吃的，她都会邀请朋友或学生们共享。郑阿姨对着我们几个晚辈说，你们杨婆——先生的母亲——活着的时候就爱请客吃饭，我给照样继承下来了。杨先生和我们一样专注地听夫人说话，眼睛里满是喜悦和开心。郑阿姨又说，我这个人一辈子爱吃肉。先生便搛一块肥而不腻的肘子肉给她，然后依次给我们每人都搛一块，并很认真地说，你们多吃点，这肉一点都不腻。每回在先生家吃饭，我都有种很温暖的感觉。且不说佳肴满桌，也不说美酒盈杯，单只先生家那种浓浓的充满爱意的家庭氛围，常常让我有一丝恍惚，仿佛我又回到了有父亲在时的娘家。

今年春天，我母亲家发生了意外变故。先生听闻后，亲自来乡下慰问，给了我们莫大的安慰和支持。然而我一度不能接受意外之变，并且心存怨艾。再一次去先生家做客，提起刚刚过去的事情，先生听出我话语中对母亲的性格颇有怨词，立刻正色告我，说："你的怨言是错误的！人的性格到了中年以后就很难再改变，何况你母亲已是暮年之人！无论怎样，你母亲她总归是为了孩子们更好，哪有做母亲的不爱孩子的呢？"先生短短的几句话，语重心长。我的眼泪在一刹那间奔涌而出，心里的一块冰慢慢开始融化。

没有人知道，我已经在这样的煎熬中过了整整一个春天，我心里一边爱着我的母亲，一边又怨着我的母亲，那真是一种难以言表的折磨。然而先生的话替我解开了心结，使我从自我的折磨中走了出来，我再一次感受到先生的善解人意和长者之风。

随着春天的脚步渐渐远去，曾经令人悲伤的往事慢慢沉淀了下来。生活必须得继续下去！后来的日子里，我越发喜欢前去紫金山下先生的山外山画室做客。有时去听先生阅尽沧桑波澜不惊一席话，有时去观先生妙手偶得自然天成一幅画。然无论何时面对先生，总让人有种如沐春风的感觉。一脚踏进山外山画室，常常会忘了季节的存在，忘了人间的寒暑交替。只为有个倾尽心力热爱生活、热爱艺术的画室主人，这一方天地的春天便显得格外长久，格外给近前的人温煦与和暖。也因此，我常常有种感受，就是在自己生活、成长的同谷大地上，春天在这儿别有一番深情厚谊。

有不少人曾经说，杨先生但凡要从家乡走出去，他的声名就绝不是今天所能够比的了。杨先生听了，总是谦虚地笑一笑，并不多说什么，一副安之若素的神情。也许在先生心里，声名早就是身外之物，他知道自己真正想要的，是艺术追求上的自由自在和全力以赴，而这最难能可贵的事情，先生不离开自己的家乡却能做到更好。那么，即使外边的世界有再多的诱惑，先生也自会岿然不动。

我常常想，成名后的杨先生仍然留居家乡，真是我们这些后学晚辈的一大幸事。作为一面文化旗帜，先生引领了多少后来者，奔赴在永无止境的艺术之路上！作为至臻至善、知行合一的忠厚长者，先生又影响了多少身边人，行进在意味悠远的人生之路上！

祝福先生！

儒雅安时俗　蔼然和气中
——我眼中的杨立强先生

初访杨立强先生，是我去先生家给《同谷》杂志取稿，当时杂志为杨先生开设了专栏，正在连载先生的《望断夕阳山外山》。那天我特意邀请了陈廷栋先生，请他带我前去。

首次登门，心下忐忑，在享有盛誉的杨先生跟前，我很是局促不安，也未多说话，生怕措辞不当。陈先生替我说明了来意，杨先生很和蔼也很郑重地告诉我，手写稿正在往电脑上输入，完成后就会发到杂志邮箱。然后又补充说，他自己并不会电脑输入，而是让他的学生帮忙。

那天杨先生家有七八位客人，和蔼的杨先生在给我交代完正事之后，笑着给大家说：我这个人笨得很，就是没学会电脑打字。说话的神情有些腼腆，不好意思似的。这一下在座的客人都笑了，气氛变得热闹起来。有人说："杨老师您咋这么谦虚，我才不信有您学不会的事情呢，只是您会的太多，总要留点给别人才行。"杨先生微笑摇头,连声说:"再别胡说了,再别胡说了。"

告别时,杨先生送我两套新印的台历,画面内容是先生的田园山水,十分明艳喜人。先生送我到他家的大门之外,依然十分和蔼地叮嘱:"有空就来家里玩,我这儿一天到晚常有客人。"

在我的印象中,不管在什么时候见到杨先生,他总是面带非常和气的神情。偶尔路遇,还未等我开口问好,先生已笑着点头,皓首银发,眼角眉梢都是笑意,仍然和气地问我:"最近忙啥着哩,咋不来家里玩?"我有点羞怯地告诉先生:"也没忙啥,正常上班,想着去拜访您呢,只怕打扰您画画。"先生这回不笑了,很郑重地说:"不会的,不打扰的,你们来了就玩你们的,不会影响我。"末了又补充说:"我家里常有外边的作家朋友来,你又爱好写作,可以交流嘛。"

去杨先生家做客是件很愉快的事情。先生紫金山下的山外山画室,常常高朋满座。还未到得大门口,才进入长长的巷道,就已经听到屋内的说话声。摁响门铃,即刻有人开门来。若先生不忙,必定亲自给客人开门。有时手头忙着作画,先生便请旁边的人将客人延至画室。来客掀帘而入,先生再忙,也必从案头朝客人微笑示意。待到手头忙完,他便很热情地招呼客人,煮茶、斟酒,看着客人喝下去,也抽空和客人拉拉家常。

每次去先生家,受到先生的礼遇,让我一直都很惶恐。听先生和大家谈论学问,所议方家正论、名士逸闻,十之八九是我所未知的。

好在我记性还不坏,这正是学习的好机会,就坐在一旁聆听,常常忘神。

先生藏书甚富,画室亦是书屋。偌大的画室,整整两面墙壁被书柜所占,内中经典书目、古籍文献数不胜数。听陈廷栋先生说,杨先生尚有许多书藏在楼上,画室陈列的只是一部分,真可谓是坐拥书城。去过几次先生家后,我斗胆向先生借书,先生蔼然应允,随我在架上挑选,对先生的山外山画室,由此又多了几分亲近。

山外山画室的窗户正对着的,是密匝匝的一丛修竹,四季常青,给画室平添许多幽韵。夏夜,先生让人搬几把椅子出来,招呼客人坐在竹林边,一方小几,摆上时鲜水果和新煮的清茶,大家边吃喝边聊天。清风拂竹,飒然有声,几只小狗在脚边嬉戏。有客人高谈阔论着,先生亦在一旁倾听,会心处微微一笑。若有在座者语出激辞,先生却会在客人话毕之后,三两句话平息发论者的激愤。淡淡的几句话,听上去是漫不经心的,语调也平和,却如细水漫沙,使听者诚服。

一次,话题说到张大千仿石涛作品至以假乱真之境,忽有人说他在别处已见到县境内某人亦在仿杨先生的画作,并且公然出售。大家以为先生一定会感到吃惊,谁知先生端然而坐,平静地说,他自己也见过别人仿他的画作,看着还蛮有意思的。座中有人建议先生,下次遇到了一定要盘根究底,先生却不以为意地说:"那倒不必,让人家仿去嘛,也得让人家吃口饭嘛。"于是大家又被先生的自持和宽厚所感染。

这样的小坐,先生亦不忘给几位随他学画的晚辈以指点。先生问大家:"可见过生在竹叶间的新篁?"看几人都摇头,先生站起来手扶竹竿,给大家比画新篁从何处长出来。恰好那时节新篁早已长成老竹,不复可见。于是先生进到画室里去,铺纸,挥毫,着墨,赋色,不一会儿的工夫,那新篁跃然生于纸上,竟比室外青竹多出几分秀润,仿佛可以掘出入馔,最好是佐酒。

先生好像看出围观的我们想喝酒了,只见他拿起茶几上的酒瓶,给大家每人斟一小杯白酒,他自己也举杯,陪大家满饮。于是有客人被勾起酒瘾,索性主动斟酒,也学先生的样子,给大家一一斟上,自己陪饮。这样每人都陪饮一回,一瓶酒便见底了,先生笑呵呵再拿出一瓶酒来,任大家喝个尽兴。

有一回去先生家,是隆冬时节,我与王子兰同往。那天的山外山画室却是难得的清静,只先生一人独坐。见我们进门,先生似乎比平日更高兴,拿出文县出产的㽏杆酒,在电炉上煮了给我们喝。青瓷小杯,绿蚁流香,是别处少有的诗意。与先生闲话,亦如坐春风。

先生作画时,常有多人围观,大家屏声静气,站在旁边观看。善绘事者心追手摩,领略先生的绘画之道;不善绘事者以旁观为乐,尽享先生的笔墨之趣。

看先生写山水，常让人有种随先生游访的感觉，仿佛是先生在前指引，边走边讲述他发现的美景，使观者在画笔的指引下，细赏近岚远岫，亲历水流花开。画里画外，一时竟然恍惚起来。诗人从先生的画中读出诗意，旅人却品味了先生画中的乡愁。由是，观杨先生画作有感而发的文字屡见不鲜，歌吟者尽显其才，好像先生的画作能格外激发大家的创作灵感。

　　一回，遇到先生搬出几大箱画作来请大家观赏。先生站在画案跟前，我们在对面围立。那天先生兴致很高，一边展画一边给我们讲述作品的创作年代及创作背景。那几箱画作有先生的早期作品，也有许多近作，都是先生极其珍爱的，山水、花鸟、人物、蔬果小品俱有。先生每取出一幅画，先是自己端详一番，然后倒置，使画在我们眼前正放，好让我们看仔细。要收起来的时候，有人还没有看够，于是再铺开，先生一点都没有觉得厌烦。我感到先生面对自己的每一幅作品，都像对待自己的孩子一样，心里、眼里以及手里都满是爱意。有一帧小小的画幅，淡墨绘出几朵蘑菇，茸茸的、嫩嫩的，仿佛雨后新生，是那样地惹人怜爱，似乎一伸手就能摘它下来。另有一幅《出诊归来》，画中的女医生眼神沉着明净，浑身上下透出充满活力的健康之美，就像要开口说话的样子。看着看着，我慢慢觉得，先生的每一幅画都有着热切的生命力，是那种充满自信的生活，有着极其宽广的爱与美。

与山外山画室一墙之隔，对称着有两个小小的花园，满栽着各样的花木。其中尤以梅花为最，两园中共有梅树九株，花开时冷艳清绝，梅熟后郁郁葱葱。先生自号九树梅花主人，有自勉亦有自得。一回恰值冬夜，我在先生画室的窗前接电话，幽暗的夜色中忽闻奇香，一抬头，却见是梅花开了。在灯与月的辉映下，梅枝疏疏、梅花淡淡，有无限风情。

　　先生爱梅画梅，除了对梅之品质的喜爱，更大程度上是在纪念他的母亲和他的尊师。这从他的回忆性文章《望断夕阳山外山》和《寂寞长安烟雨痕》中可以看出来。我喜欢先生的水墨梅花，冷逸清寒、独立孤傲。寓花香于墨香，淡时若茶，浓处似酒，于无色处更见得花之清洁。

　　杨先生家的花园里，一年四季有开不完的鲜花。春来杜鹃喧艳，夏日榴花似火，秋菊昂首傲霜，冬梅自不必说。先生养花画花，真是其乐无穷。待凌霄怒放，先生置画桌于花前写生，风和日暖，画与花相映，别是一番好光景。

　　熟悉先生的人都知道，先生出门总爱拎一只淡黄色的帆布包，包里装着速写本和画笔，以及先生常服的几样药物。先生不管在哪儿都不会放过画画的机会，哪怕是去农家乐吃一顿饭，先生也能抽出时间来迅速完成一幅或花、或石、或树的速写。有一年，我与先生同行去南康，中途停车休息了一会儿，正好是在康湾村对面的公路边。越过阡陌纵横的田野，能看见康湾村坐落在一个低洼避风的所在，村舍俨然，绿树掩映，是一幅活的山居图。先生不失时机地拿出速写本，对着远远的村庄画了好一阵子。

闲暇的时候，先生爱约上同道或学生户外写生。近赏田园风物，远观云泉幽壑，凡入眼者皆能入画。有时带回山野间随手采摘的花草，马兰花、野棉花，或者水边的蒲黄，回来后先置于案头，再移于纸上，颇多意趣。

先生创作有一批果蔬小品画，荔枝石榴软柿饼，萝卜白菜青蒜苗，无一不是诱人食欲的天珍。似乎只需从画面上拿将出来，即可煎炒烹炸，弄出一桌美味来。

说起美味，立刻想起先生的好厨艺。

有一回应邀去先生家吃饭，先生亲自主厨，做了十几个菜，各有特色，最好吃的是醪糟肉和白菜煮粉条。先生忙出忙进，做好了菜亲自端上桌。我几次去厨房帮忙，都被劝了回来。那天先生穿着厚厚的棉服，袖子是卷起来的，惯握画笔的手将一把菜刀使唤得灵巧异常。从菜的刀工到火候，先生有板有眼地讲究着。我在厨房逗留了几分钟，跟先生学会调制用于凉拌菜的醋，回家后常用，既长了本事又添了意趣。

饭桌上，先生劝大家多吃点，轮番给我们碗里搛菜。说到某个好吃的菜品，先生兴致勃勃地给大家讲做这个菜的诀窍，听得喜欢做饭的我恨不能赶紧下厨去试一试。饭间照例是有酒的,还和往常一样,先生陪大家一起喝。那一回好像比平日喝得略多一点,先生的话也多起来。先生告诉我们,他的厨艺是从母亲那儿传承下来的。

关于母亲的话题,永远是大家最爱听的。先生的讲述充满怀恋之情,说到后来,不免黯然。恰好先生的夫人郑彦女士进来,用她已经不太纯正的陕西话,语速较快而语调活泼地讲在座某人的笑话,大家便都笑起来。先生的小孙子可可也随着奶奶进屋来,拿着刚完成的手工作业,一连声地喊爷爷,让他的爷爷评价。先生从回忆中走出来,极其和蔼地肯定了可可的作业,于是小宝贝很满足地拽着他的奶奶回到楼上去。

还有一次去先生家做客,正赶上先生的爱子杨彬生日。先生伏案画虎,为属虎的儿子庆祝。我们几个人围于画案旁看先生作画,先生画得认真,我们亦看得专心,不知不觉几个小时过去。那天先生完成了两幅虎图。画中的老虎身形矫健、神情温顺、眼眸纯净无一丝凌厉。先生的爱子之心,全然在画中了。

我眼中的杨先生,始终是和蔼的,总是那样平易近人。和他在一起的时候,只觉得先生是一个温厚的长者,虚怀若谷,从不衬出别人的小来。不在一起的时候,想到以先生之名望却能蔼然如此,又确乎不是一件轻易的事。

怀念翼之先生

　　我和王子兰在大太阳底下顺着青泥河的方向往杜公祠走，能看见祠堂的红砖院墙时，来到一段新的柏油路面上，路旁设有崭新的护栏，建设的跟外面大景区相似。想起去年正月里与翼之先生一起来杜公祠看梅花时，这段路还没有修好。如今路这么好走，我们的师友翼之先生却再也不会踏足。带着生活中无尽的诗意和对亲人朋友的不舍，翼之先生永远告别了我们。就在一周前，我们送他到坟地，由风水先生安排，大家好一阵忙活之后就把他一个人留在那儿了。

　　一想到此，王子兰与我同时停下了脚步，忽然不打算进祠堂去。没有翼之先生，想来祠堂风物亦会减色，何况梅花也早就谢了。这让人惆怅的五月啊！我们尽管有所准备但仍深感意外地失去了一位好老师、一个好诗友和好酒友。

　　回头原路返回，山崖上粉白的刺玫花香味浓郁，偶有蜜蜂飞落在上面，我们走走停停，蜜蜂逐花而舞。话题不知怎么就说到佛教的中阴身，关于人死后灵魂的有无。王子兰现场给我举了个例子：

如果人在死后真能化作中阴身的话，那此刻翼之先生也许就在我们旁边，还像从前那样，与我们一起走这条无数次拜谒过诗圣的路。

这可真是生动啊！由此，我们这一周来失落怅惘的心情终于有了好转，总算可以平静地回忆这些年与翼之先生隔三岔五的雅聚和岁时节令的酒会，怀念曾经"相见亦无事，别来常思君"的友情岁月。

细想起来，我们最开心的还是去北大街贡元巷拜访翼之先生。早些年先生院子里的大梅花树还在，每到隆冬满树繁花，香味儿隔几条巷子都能闻到。赏梅的人有实在喜欢想讨一枝带回去，翼之先生也总能满足人家。后来先生修新房子，十分不舍地把梅树砍掉了，小院里立起一栋两层小洋楼，墙角处开辟的小花园栽满品种各异的菊花，当年那赏梅的人又往贡元巷访菊，总之让人觉得就是一个雅。

二楼是翼之先生的书房，靠两面墙壁置放的书架上密匝匝摆满先生大半辈子的藏书，书与书对望的空间里安放着一张长方几案，临窗一把靠椅，坐窗前读书再好不过。有一年初春，一个雨天的午后，我与王子兰送诗稿给翼之先生，从他书房的窗户往外看，邻居家杏花开得正好，虽因雨稍有零落，却更有一番楚楚动人。那回回来，我和王子兰各填词一阕记录拜访翼之先生之事，俩人并没有商量，却都写到那株开满诗意的杏花。约略记得王子兰有"深巷初着杏花雨"的句子。记忆中，仿佛那一树雨后花红，全然是为翼之先生这个一生都在追求诗意生活的才子而绽放。

出生于20世纪40年代中期的翼之先生，跟我的父母辈是同龄人。我刚参加工作的那个时候，因我父亲与翼之先生交好，有过几次邀先生去我们乡下家中赏花喝茶，或一起写字画画儿，先生回城后便有诗词相赠。有一首赠予我父亲的五律，至今我还能背下来：

晴野开三径，先生作旧家。
拂檐多秀木，映砌灿繁花。
暧暧绿荫合，依依晓日斜。
丹青酬雅赏，挥毫见清嘉。

因我父亲比翼之先生年长几岁，那时候我称呼翼之先生为"陈叔"，以长辈待之。2004年年底，我调进县文化馆工作，翼之先生时任县文化局副局长，是我的领导。然却因为先生与我父亲的交往，我们便有了天然的亲切。我好像从未觉得翼之先生有过领导的做派，或者居高临下的姿态，无论何时何地遇见，先生总是笑眯眯谦和有礼的模样。那时候的翼之先生已微微谢顶，喜欢戴一顶黄军便帽，人越发显得朴实无华。

便是这样朴实无华的翼之先生，写得一手沉郁典雅的好诗词和风流倜傥的好书法。我收藏有一幅先生的行书书法精品，字如胡桃那么大，内容系其词作《高阳台》：

唤梦莺啼，沾衣露泫。数来多少芳辰。携侣呼朋，清游小试新程。溪桥水榭频登览，沐晴岚、柳细苔青。更流连，电炬呈辉，素月披襟。

翩然疑到西园地，羡东山歌酒，绿野池亭。雅谑闲讴，匆匆岁序堪惊。潇潇半日清明雨，看花飞、坠涧飘茵。怅流光，不恨樽空，却怕春深。

落款：癸巳年首夏　陈廷栋翼之并识

惜春挽春而宁可让酒杯空着，这对于癸巳年的翼之先生来说，应该是下了很大决心才如此取舍的。也只有了解先生的人，才真正能体会这一首《高阳台》包含先生面对时光飞逝、春光易老那浓烈的不舍。为什么要这样说呢？那是因为熟悉的人都知道，翼之先生善饮，且专擅于微醺时挥毫疾书，往往有精彩之作。

十几年前的一个元旦前夕，王子兰邀请翼之先生和我们一家去她家做客。先生那天由夫人陪同前往，我们在王子兰家吃了一顿咖喱牛肉饭，之后她煮夏氏黄酒给我们喝。因在座只翼之先生一人年长，每举杯自然就要先敬他，先生也不推辞，打算和平时一样开怀畅饮。这让先生的夫人有些着急，夫人并不想翼之先生多喝，却又碍于在别人家不好阻拦，只将关切的眼神紧盯着翼之先生的酒杯，而我们的翼之先生却假装看不见夫人的目光，一杯接一杯照喝不误。

不一会儿，先生略有了醉意，像忽然想起什么来，微微地怔了一小会儿，开始用右手食指在空中比画着写字。看他点、画、顿、挫，飞扬有致，仿佛虚空中有一张看不见却能感受到的大纸，任由他在上面笔走龙蛇。聪敏过人的王子兰即刻将翼之先生延请至她的画案前，恭敬地呈上自己平日画画习书的纸笔，翼之先生一气呵成写了大小十几幅书法。我们在一旁屏声敛气观看，只觉翼之先生写得陶醉，写得投入，写得真是酣畅淋漓！先生对书法的饱满的热情就在那一会儿工夫里借由几分酒劲而爆发。

搁笔之后，翼之先生又满满喝了三杯我们的敬酒，然后擎着酒杯一张一张细看摆在地面上自己刚刚写的字。看一张摇摇头，再看一张还是摇摇头，仿佛很是看不上眼的神情，但我们看到翼之先生眼睛里的光亮，分明是只有看到所喜爱的物事时才会有的。我们和先生的夫人在一旁都笑起来，夫人告诉我们，翼之先生实在是爱喝酒，有时还会喝醉，她是怎么劝都劝不住。

"有一回大冬天晚上喝酒回来，我诳他说炕还没有烧热，得做好挨冻的打算。谁知他掉头就去给我烧炕，半天了没动静，出去一看，已经醉倒在炕洞前。这可把人坑苦了，我一个人拉他又拉不动，大半夜的把儿子喊起来帮忙才把酒醉汉弄到热炕上……"翼之先生的夫人这样给我们描述他醉酒后的趣事，一副且怨且嗔的神情，而翼之先生则看一眼他端庄贤淑的夫人，有点不好意思地笑起来。

论辈儿，我们该称呼翼之先生的夫人为阿姨，可我和王子兰却总觉得翼之先生的夫人比较年轻,人也漂亮,更像是个大姐姐或者大嫂子。我们把这个看法告诉翼之先生,翼之先生高兴得笑眯了眼睛,索性让我们改口称他为兄,呼他的夫人为嫂子。趁着酒兴,我们顺势就给翼之兄和嫂夫人各敬了"哥俩好"的酒。这就让我们觉得和翼之先生之间,少了拘谨,添了份活泼。

翼之先生接着又给我们讲了一件他酒醉后的事情,大约是一个夏天吧,一场酒从晚饭直喝到深夜,散场的时候,因为感觉不是太醉,翼之先生就坚持不要人送而自己走回家。那回是沿着东大街往回走,在他心里清楚记得到了十字街往右拐进北街,走个百十来步就到贡元巷。可是他右拐之后走了不知多久,却总找不到家门。不过他并不着急,那时候月亮升起来了,他说自己最喜欢的就是在夏夜里看月亮。就这么一边赏月一边继续往回走,翼之先生终于酒醒了,细看月色下自己的所在,原来已经过西大街出城二里地,向右拐进了一个大村庄。清醒了的翼之先生知道家人还惦记自己,忙忙折转身赶回家去时,已经是凌晨时分。

"虽然走错了路,却也难得赏了半夜的好月色!但总归心里是清楚的,要不也不会记得向西向右拐的家去的方向……"翼之先生这样总结那回醉酒的经历,并不觉得有一点难为情,很惬意很轻松的样子,语气里甚至有点小小的得意。

翼之先生自从讲了他的几桩与酒有关的故事,朋友圈同时就有了杜撰。说翼之先生喝醉了回去，夫人不肯开门，原本他可以越墙而入，甚至都已经骑到墙头上，忽然想起自己夫子的身份，只好悄悄跳下来，继续低声下气敲门……

又说翼之先生在没有学会喝酒之前，喝三四杯酒便会醉倒，后来酒量一经练成，纵然已是半斤下肚，仍会豪气满满地高呼："再来二两！"

凡此种种，大都是翼之先生要好的朋友所编撰，却也不在背后说，专等翼之先生在场时才调侃。翼之先生听后也不气恼，温和而坚决地否认别人的编排，并把真有其事的部分简要复述，这让旁边的人觉得翼之先生真是可爱极了。

翼之先生和他的挚友杨立强先生有过一次极为可爱的对话。众友齐聚的场合，杨先生说到他们年轻时的往事，一回翼之先生不幸受伤，住医院疗养月余，是杨先生一天不落地在近旁服侍。杨先生边回忆边调侃翼之先生："你还记得我侍候你整整一个月的事情吗？"翼之先生这样回答："怎么不记得！瞧你说的！哪里有一个月时间？不过二十多天嘛！"杨先生坚持说一个月，翼之先生坚持二十多天不松口，在场的我们全部笑倒，有人笑岔了气直喊肚子疼，俩发小才不再争执。

杨先生曾经说过他和翼之先生小时候坐在裴公湖边谈理想，两个人都想成为优秀的画家，也都非常刻苦地学习过，然而翼之先生后来放弃了，转而专攻书法和诗词，兼做些艺术评论和曲艺研究。翼之先生曾经给我们说过，在和杨先生一起学画的过程中，他始终觉得在天分上真是不及杨先生那么得天独厚，无论怎样努力，画出来总不及杨先生那样好，终于不再勉强，选了适合自己的专业。

翼之先生坚持在自己选择的艺术之路上走过大半生，最终与成了大画家的杨先生一样，作为地方文化圈的两面旗帜而引领后学，使我们受益匪浅，足以铭记终生。

十来年前，应礼县诗人包苞邀请，翼之先生与我们同往礼县以诗会友，有过两次西江诗会。两回同行的有子陵、蝈蝈、子兰诸兄。诗人包苞在礼县设宴款待，请来竹溪佬、云翮、式路、张宁、金龙诸兄作陪，把酒言欢，题诗感旧，不亦乐乎。

茶余酒后，翼之先生挥毫为礼县诸友题赠书法，获赠者尽皆欢喜，诚心敬翼之先生一杯酒，我们怕他喝多了，想要代饮，然翼之先生坚决不肯，飞快地一饮而尽，生怕我们抢了他的酒似的。

西江诗会之后，云翮先生来成县回访翼之先生，我们一起去杜公祠拜谒诗圣，命了同题诗，以期再续西江诗会。然而记不得什么原因，我和王子兰都没有完成，仅翼之先生与云翮先生互相唱和了一番。就是那一回，翼之先生的酒量大不如从前，说是心脏有点问题，似乎不敢豪饮了。

以后的聚会，我们就监督翼之先生的饮酒，绝不让他饮过量。

起初他有时还执拗一小会儿，慢慢地就很自觉，不必我们强调也会浅尝辄止，只是每回都带着不无遗憾的表情，或者十分落寞，倒让我们看着不忍心。

我在东大街 19 号住的时候，同楼住着的王帆棣先生，与翼之先生也是忘年交。每每翼之先生到访，若在王先生家，我便下楼一聚，若是在我家，则请王先生上楼来。常来的还有王子兰一家，以及当时在黄渚医院工作的朱金旭夫妇，大家在一起饮酒作诗，我先生陈永奎拿纸笔帮我们做记录。长于口占的王子兰往往领先，翼之先生对她的敏捷才思常报以赞赏之语，而他自己一旦出句，却一定是在斟酌再三之后，当我们交口称赞时，翼之先生却还要十分地谦虚一番。对待学问，翼之先生向来一丝不苟，这也让我们在他面前不敢有丝毫懈怠和装腔作势。

座中若有人误用了典故或者说错了字眼，翼之先生会用他独有的极其平淡的语气提醒对方，若被提醒的人有心请教，翼之先生就会给人家细致讲解，否则，绝不会刻意给对方灌输自己已经掌握的知识。明明我们已经认定他就是个很有学问的老师，可在翼之先生那儿，却极少自恃为师和好为人师。因此更多时候，翼之先生在我们大家中间常时充当着一个好朋友的角色，并且是一个与之交往轻松无压力的好朋友。

现场对诗也不是每回雅聚的主题，毕竟不是人人都有翼之先生那样精深的诗词学问,而饮酒才是每个人都喜欢的。多少年来让人不能忘怀的是有一回面对王子兰的豪言:"谁愿意应我十二杯酒的挑战?"翼之先生毫不犹豫地应声而答:"我!"

拇战不是翼之先生的长项,他专擅"砸砂锅",很少输,于是那十二杯酒,翼之先生喝得并不多,但他兴致勃勃一战到底,的确从中得了不少的乐趣。

忽然有人说,某某最近又写了仅仅合律却毫无诗意的诗词,并且发表在某某期刊上;某人自恃才高,一首五言绝句却足足用了四个成语;某领导附庸风雅,于某场合题了不伦不类的诗作……翼之先生会惊疑地听罢,然后认真地表示:"既然如此,某某期刊咱们不看也罢,某某人或某领导也就不提最好!这般雅兴,岂能被诸如此类假装斯文者所败!来,单为我们还能在这里坚守诗词之正道,我先浮一大白。"说完,立即满饮一杯。举座皆举杯陪饮。

在这样的集会中,翼之先生以他不阿的人品和始终坚持传统文化之正道的精神,为我们这些后学做了很好的表率。在他的影响下,我们认真学作诗,同时也学做人。

雅集将散,照例是要布置作业的。多数时候由翼之先生给大家命题和限韵,若由王子兰和我来定,我俩便专拣那些唯美好听的词牌来限题填词,诗就作得少些。虽然翼之先生并不反对我们单凭词牌的字面美好而练笔,却会很负责任地告诉我们,练习填词,选中长调词牌为最佳，越是小令，则难度越大。然后，待下回再聚，翼之先生便带来一阕《平韵念奴娇·雅集夜归作》：

暮山凝紫，叹东篱菊老，秋意销沉。远岫遥山城郭迥，楼宇堆起层阴。座火微温，清谈初倦，落叶舞云深。晚风吹来，恍听蛩语虫鸣。

常记雅集归来，醉中犹忆，念逸趣难寻。我欲绮席歌水调，怕它鹤怨猿惊。绿醑盈樽，悲怀满抱，谁识岁寒心？暗香浮动，仿佛人在梅林。

那些年我们和翼之先生的雅集，时在周末，时在节假日，有时是不期而遇，却正赶上个特殊的日子，因之更会激发大家的写作热情。记得有一年农历七月七，我和王子兰及另外几个朋友在大云寺下红梅山庄遇见翼之先生，一起吃过晚饭后，在山庄新建的屋顶上饮酒对诗，唱越剧唱京戏唱昆曲，直坐到月上山巅才罢。翼之先生有一阵不吱声，待我们请他一展歌喉，他却拿出刚写的《洞仙歌·七夕》：

良宵似水，渐溪声相应，绕座欢谈在人境。看峰边，晴云袅袅飞来，拥弦月，淡彩悠然眉韵。

清冷凉露降，竹树拂栏，几缕金风过天井。日日盼佳期，长空浩渺，谁曾见，鹊桥踪影？正歌笑楼头倾芳樽，叹牛女当时，恁般凄冷！

人间天上，迢递银河，西风乍起，诗人情怀，全在这叫人惆怅的良宵中了。那回归来，王子兰和我诗兴大发，作了不少诗词纪念我们和翼之先生一起度过的那个七夕。

翼之先生在《同谷》杂志任主编时，诗词栏目那个版块就一直归他负责。从20世纪90年代初创刊，至今近三十年时间，翼之先生通过审稿、改稿、编辑、校对等工作，每期都向读者推出省内外诗人的几十首诗词佳作和县境内初学者的部分作品。一本九十六页的季刊杂志，诗词每期占六页，竖排。相比其余各版块，可以说翼之先生负责的这一块质量最高，无论是在用稿质量上还是在编辑排版上，比起《中华诗词》和省市级的诗词刊物，《同谷》诗词栏目不但毫不逊色，其可圈可点之处尤多。

借助这份小小的纸刊，翼之先生让读者从优秀的诗词作品当中体会和享受汉语言的情味、意味和韵味，同时用心将身边许多诗词爱好者培养成了严谨认真的诗词作者。多年资深编辑，翼之先生养成了看稿准、改稿稳的拿手技能。他曾经多年来为省城的一个老朋友改诗稿，每回朋友都会寄来厚厚一沓稿子，翼之先生帮朋友改定之后再给寄回去，从未表示过不耐烦。后来翼之先生退休，那位朋友寄来的稿子就由我收取了给翼之先生送去，记得来信封皮上的钢笔字写得还不错。据说翼之先生在省城的那位朋友，后来出了几本质量相当不错的诗词集，倒是我们的翼之先生，直到离世，整理好的一大本诗稿却因为种种原因一直未能付梓。现存于世的翼之先生的作品集，仅有早些年的《荷梦馆诗存》和《荷梦馆词稿》。

翼之先生对身边新认识的诗词作者常常格外关心。记得我头一回打印了诗友熊九州的诗稿拿去给翼之先生看，先生戴着眼镜看完，不无惊诧地说："没想到咱们成县还有这样高水平的诗词作者！等有时间我一定要去拜访他。"

那时候我只知道熊九州在王磨乡一所学校当老师，别的一概不知，但我记着翼之先生说过的话，通过QQ联系后，我先生和我于一个秋日午后约了王子兰一家和翼之先生驱车前往王磨乡拜访熊九州。因王子兰的先生和我先生同姓陈，翼之先生风趣地说我们这一趟出行乃"三陈保唐王"，这就像要去体验一个未知的演义故事，让人预先设想了不少美好的向往。果然那回访熊九州，我们还真结识了一个人品作品俱佳的诗人。和翼之先生一样，熊九州有才学且十分低调，多年蜗居山村小学，过着隐士般的生活。最要紧的是熊九州与翼之先生还很投缘，之后在县城他女儿家养病期间，翼之先生还数次去探访过。王磨访友归来，翼之先生填了《金缕曲》，九州兄与我各和了一首，后来由翼之先生编发在《同谷》上。

这几年，九州兄与翼之先生及我们一直保持着联系，常有诗文唱和。后来县诗词学会成立，翼之先生担任学会顾问，熊九州、王子兰和我任副会长，我们有了更多机会一起工作和学习。也是有缘法，翼之先生离开我们之后，我一直担心杂志的诗词栏目被取消，直到三天前九州兄告诉我，文联决定由他负责杂志这一部分的工作，我听了非常高兴，也感到欣慰，若翼之先生泉下有知，一定会为熊九州接替自己工作而感到高兴。

翼之先生退休至今十几年来，一直被《同谷》编辑部返聘回来做编辑，直到他去世的前两周，依然在病中认真编辑、校对了今年第一期杂志诗词栏目的所有内容，没有耽误杂志的正常出刊。

3月底，我的医生朋友朱金旭说翼之先生因肺心病住进成县人民医院治疗，我给翼之先生打了几回电话总是关机，后来拨通了先生夫人的电话，了解到翼之先生这回病得不轻，需要好好治疗一阵子。我想去医院看望，翼之先生的夫人告诉我，暂时不去最好，前两天有朋友去探病，翼之先生挣扎着陪说了几句话就累倒了，医生一再叮嘱，翼之先生的病要静养。于是我就没去医院看望。

一晃到了4月，9日那天晚饭后，我接到翼之先生夫人的电话，她听上去心情很不好，有点委屈地给我说，翼之先生病情刚有好转，又开始不听她的劝，挣扎着给杂志改稿子。翼之先生的夫人在电话里带着哭腔，说她刚把先生数落了一通，说总不能为了改稿子的事儿搭上老命吧！她委托我转告送诗稿的同事，赶紧把那些让翼之先生劳神的东西拿走！说着就低声地哭了起来，哽咽着告诉我她是躲在餐厅给我说话，生怕被翼之先生听到。我安慰了她几句，连声应允赶明儿一定把稿子拿走，并劝她也多保重，这一阵翼之先生还要靠她精心照管呢。

次日一早，我还没进办公室，翼之先生的夫人又打来电话，我有点紧张地接通，没想到是翼之先生本人，尽量轻松愉快地给我说，这期杂志的稿子终于改定，可以让拿去排版了。我听到翼之先生说话不比以往那样有底气，虽然语气是愉悦的，但呼吸明显很吃力。问他恢复得可好，吃饭怎样，都得到肯定的回答。我了解翼之先生，一旦病情稍好些，他就会当自己和健康时一样。也好，只要有个积极向上的好情绪，想来翼之先生的病好转起来就能快点。

这样又过了一周，4月16日那天，我估摸着翼之先生应该大好了，就想着一定要去看看他，我已经快一个月时间没有见过翼之先生了。正好前几天徽县榆树乡耿杰书记打来电话，说他所在的乡镇正在打造乡村旅游景点，郑重委托我代他请翼之先生与成县诸诗友去榆树乡一游，同时请翼之先生给他们新近修建的十数座亭台取名题字。我告诉他翼之先生尚在病中，待我探望之后看情况再说。耿书记说这事也不急，再说榆树的樱花也还得十天半月才能开放，到时候让我们和翼之先生一道前去他们经营的百里樱花长廊赏花饮酒作诗。

多美的设想啊，想到不久能和翼之先生一起去看榆树的雪海樱花，我心里真是很期待。当天下午，我就联系上了翼之先生，电话里他的语气很轻快，说仅仅这十几天就住了两趟医院，但病情大有好转，尤其这一两天感觉轻松多了。我立即捧了花束去翼之先生家，先生的夫人也很高兴，告诉我翼之先生正是这两天才好转的，终于可以让她放心了。只是因为劳累和焦虑，导致她一只眼睛眼底出血，正在打吊针治疗。翼之先生依然笑眯眯的，给我说他这回生病，全靠夫人辛苦照顾，家里还有不到一岁的小孙子，真是难为夫人了。翼之先生的夫人一边用手捂着生病的那只眼睛，一边笑嗔道："你还知道我辛苦啊！只要你好好把自己的身体当回事，听医生的话好好休息，我不也就轻松点吗？"

翼之先生有点难为情地笑了，怜惜地看着他的夫人，犹自辩解道："我把自己很当回事啊，也很听话哩，你说让吃啥就吃啥，药也按你定的时间吃，难道这还不够吗？"

翼之先生的夫人曾经告诉我，在她眼里翼之先生有时候简直就是个书呆子，只要见了喜欢的书，饭都可以不吃，把自己关在书房里不许家里人打扰。这几年视力下降后，不但戴着老花镜，还要手拿放大镜才能看清楚书上的字，即便这样，也没有一天不看书的。至于打理家里的生活，翼之先生基本不插手，就连自己身上的衣服，也要夫人再三催逼才肯换下来让拿去洗。说是翼之先生从不爱穿新衣，每有新衣服，总要放很长时间才肯穿上身。有一年除夕，夫人趁翼之先生睡下后把他脱下的衣服直接给抱去扔到洗衣机蘸湿了，大年初一早上翼之先生才极不情愿换上了过年穿的新衣。

我们曾经问过翼之先生，为何就不爱新衣服呢，难道一个人恋旧还可以到这个地步？翼之先生憨憨地笑着，说他这个习惯是从小养成的，小时家境困窘，本来很少有新衣穿，但凡有件新衣服，他并不喜欢自己先穿上，非要让弟弟穿过了自己才会穿，以至于后来生活条件有了很大的改善，他那穿旧衣服的情结仍在。曾经的生活虽然清贫，然翼之先生为人兄长的友爱精神却尤其富足，这也就让他们兄弟姊妹之间一直保持有兄友弟恭、互相敬爱的一种好家风。

说到小时候的习惯，翼之先生还告诉过我们，他小时候见过人家养猪，看到猪在那么脏的泥水中走来走去，他就自誓从此不吃猪脚。然而，很多年前的一个夏天，当我们还和翼之先生不太熟悉的时候，王子兰和她的二哥子陵兄说要请翼之先生一起吃饭，电话里约好之后，我和王子兰专程去翼之先生办公室接了他出来。饭局定在当时县城比较火爆的一家火锅店，考虑到翼之先生吃麻辣有限，我们就点了芸豆蹄花汤锅，准备吃完后再涮菜。翼之先生平常待人接物很注重礼节，既君子又绅士，尤其在饭局上，翼之先生更是礼数周到。进门时翼之先生无论如何让我和王子兰走在前面，强调女士优先；落座时又与子陵兄互让上席，即使在我们的坚持下最终坐到上座，依然打躬作揖说愧不敢当。

汤锅上来，待滚沸，我与王子兰合作给翼之先生毕恭毕敬盛了一小碗放在面前。奇怪的是翼之先生似乎根本没有动筷子，只是小口抿酒，看着我们大快朵颐。后来在我们询问下，翼之先生这才极为不好意思地说明缘由，并对没有早点告诉我们表示抱歉。他坦率地说在肉类中最喜爱的莫过羊肉，也喜欢吃炒鸡蛋。从那以后，我们再聚到饭桌上，就一定要给翼之先生点份羊肉或者鸡蛋。不过翼之先生吃得并不多，他吃饭斯斯文文，就跟他写诗时字斟句酌似的，简直可说是很认真也很挑剔了。

唯其这份洁癖和认真，在翼之先生的笔下，绝少有马马虎虎的不妥字眼和聊以塞责的轻俗之作，写诗填词高标独立，创作书法朴厚散淡。一旦沉浸于深爱的这两项艺术创作，翼之先生就像换了个人似的，一点不像现实中那样随和，那样"好说话"，甚至给人一种"没原则"的错觉。只有熟悉的人才能体会到，也只有在完完全全的精神世界里，翼之先生才更真实和可敬，也只有在艺术面前，翼之先生自由的灵魂才更愿意表现出他的旷达、洒脱、率性和俊逸。

翼之先生曾经给我们说，他年轻时喜爱杜甫诗作，苦于买不到杜诗全集，只能见一首抄一首。后来从朋友处借到一本《杜诗选》，翼之先生花好几天工夫逐字逐句刻录在蜡纸上，随后打印出来，给喜欢的朋友分别送过。就这样，凭着过人的记忆力，翼之先生至少记诵了六百余首杜甫经典诗作，正是这样的勤学苦练和博闻强记，才奠定了翼之先生深厚学养的基础。诗圣杜甫对翼之先生的影响，在他的诗词作品中有着非常明显的印记，翼之先生的诗作在情感表达的力度和深度上的沉郁顿挫、波澜老成，以及精雕细刻、抱朴守真的写实主义表现手法，无一不是杜诗精神的折射。

杜甫当年曾于我的家乡同谷小住过月余，因之在青泥河的下游，自北宋时期即建有杜公祠，一直延续至今日。前几年政府将祠堂修葺一新，打造成了县境内的风景名胜区。小小的园区内种植着数十株梅树，当中尤以一株较大的绿梅最吸引人。每年的早春二月，杜公祠的梅花渐次开放，我们和翼之先生总要抽空前去赏梅，归来照例要作梅花诗，当然每回都以翼之先生的作品最为上乘。

翼之先生爱梅，一面缘于对早年间他们在贡元巷家门前梅树的怀恋，一面却是因杜公祠的梅树有象征诗圣风骨的意味。因此梅花一旦入翼之先生的诗，便天然比别人多出一分俊俏的情意和栖迟的感怀。

记得翼之先生《岁寒三友吟八首》中有这样两首写梅的五律：

茗椀犹含冻，腊梅喜早开。
寒云侵户牖，霾雾隐楼台。
探芳迎新岁，惜花有剩哀。
偶然吟妙句，呵手亦悠哉。

疏枝余败叶，远浦带轻阴。
砌草浓霜霰，寒花展素心。

负暄抛卷久,矫首看云深。

羡尔奇馨发,开怀付啸吟。

翼之先生不会用电脑和手机,每每写了诗,便拿来让我输入进电脑,这些年仅翼之先生的手稿,我保存了竟有厚厚一摞。前两天专门翻出来再看,见到翼之先生作于前年的《成州杜少陵祠探梅五首》,今录第三首再回味:

半日偷闲为探花,崇祠幽闃远山家。

春风几夜消残雪,晓霭今朝焕彩霞。

凤尾森森廊院静,溪流隐隐语声哗。

欲将清韵涤俗骨,细火寒泉且饮茶。

另外一份词稿上有《陌上花·再至杜公祠赏梅》:

嫩寒几许,倩风吹去、乱愁多少!探芳心情,怨它雪残烟老。今宵祠宇欢声沸,树树梅花开好。喜织霞簇锦、香融艳溢,粉娇红俏。

正晴光照眼,回廊曲径,劲柏中庭夭矫。摘翠修篁,风送数声啼鸟。先生去后山河壮,我辈还描新稿。怕重来,又遇轻阴搁雨,再添烦恼。

前年仲夏，李云桦先生邀请翼之先生、王子兰与我前去徽县严坪观梅崖瀑布，不巧翼之先生去了青岛，只好我与王子兰前去赴约。翼之先生曾给我们说过，徽县李云桦先生诗词功底十分了得，可说在我们省内是独步诗坛的人物，因之我们深为受邀而感到荣幸。那回梅崖观瀑归来，李云桦先生一夜之间拿出二十首七绝，让我们得以见识了这个让翼之先生青眼有加的诗人的诗才。接着王子兰和徽县廖正荣先生各个依韵和作了二十首，令我心动不已，回味当日情景，也便摩拳擦掌欲行东施效颦。恰好翼之先生从青岛归来，拿着几首他在旅途中所作七律和专门买来送我的厚厚一本《词学概论》来我办公室，我兴奋地把三位诗人的六十首绝句打印出来给翼之先生看。翼之先生看完连声赞叹，并将刚给我的那几首七律收了回去，说看了李云桦先生的作品，感觉他自己的根本拿不出手，需要回去再推敲打磨。

　　次日一早，翼之先生兴冲冲又来我办公室，带着《步云桦君山行绝句元韵二十首》的手稿，说也是一夜所成。我先拜读后又输入成电子版，几日后加上我习写的二十首做了个美篇，配图为杨立强先生的画作。美篇发出后颇得诗友们的好评。翼之先生以其悠然胸次诉清和恬雅于笔端，首首有佳句，句句见功夫，让人一见就生喜爱之情。在这儿摘录几首：

一

我亦寻诗过野桥,罗浮鸟语漫相招。
长街陋巷恓惶久,曾有梅花伴寂寥。

二

感君笔下有华章,世事盱衡意混茫。
迩来几夜楼头雨,好凭诗卷伴微凉。

三

惆怅春来万树花,重楼杰阁有人家。
河声浩荡频入梦,一霎长风到海涯。

四

居然又见笔生花,水态山容记迤逦。
我来岭上欲相问,情深谊厚是谁家?

五

何须多事问山灵,禽鸟啁啾未忍听。
莫藉登临骋望眼,人生朝暮几长亭。

秋季里，翼之先生终于能和我们一起去徽县与诸诗友一聚，那回李云桦先生还请来天水李蕴珠女士和兰州萧雨涵先生。两位远道而来的客人乃甘肃省诗词名家，且弄得一手好琴。那回在杜甫当年走过的木皮岭，数十人围坐听琴、行令饮酒，美美地玩了一天。翼之先生那回格外高兴，晚宴上竟破例小酌了几杯。我们担心他饮酒不适，可那真是知己相逢的酒，翼之先生喝得舒心快意，归来后写得《莺啼序·木皮岭怀杜公与云桦秀宁子兰同赋步梦窗韵》一首，其中有"先生高踪何处适"的句子，如今再读，竟是我此时的心声。

翼之先生藏书颇丰，他最舍得花钱的地方就是书店。至于街上的闹市，翼之先生几乎视而不见。记得有一年，翼之先生曾很认真地问过我们："超市是做什么的场所？"说他听别人谈论咱们县上也有了超市，但他一次都没有进去过。无论翼之先生到了哪儿，都要去当地的书店逛逛，也不会白逛，少则三两本，多则十几本，每进书店总会买一些书才肯出来。翼之先生常感叹，县里的书店都快让教辅材料填满了，极少有让人满意的好书，于是他格外看重每回外出逛书店的机会。

近年来我们都习惯在网上买书，翼之先生却不会，但他也不羡慕，倒是我们羡慕他的藏书之多，羡慕他架上所陈尽皆精品。翼之先生送过我一些书，怕我不好意思拿，总说他又买了新的更好的版本，这个就归我了。诸如竖排繁体的《柳如是别传》《全宋词》《瓶水斋诗集》《陈子龙诗选》《词林纪事》等，虽然我都没有读完，但看到这些书，就像又见到翼之先生一样。还有一本简装的高尔泰先生的《寻找家园》，曾经在我面前打开过一个那样不同的世界，也曾经在我的精神世界掀起从未有过的飓风骇浪。

翼之先生从贡元巷搬到滨河路小区之后，因为门禁，也因为先生身体不及之前健康，我们的聚会就少多了，偶尔想起多日未见，也只是电话问候一下，很少能像从前那样想见就能见到。去年3月我搬了新家，与翼之先生成为只隔着一条马路的近邻。翼之先生说他站在自己书房里，能看到我家客厅阳台上摆放的花盆。由此每当阳台上有花开，我就知道临街那面的一半花朵，会被一个满腹学问的人看到，我就替花儿感到高兴，感到它们的开放更富诗意。

一天，翼之先生与夫人同来我的新居，带着沉甸甸的一箱酒，说是专门来贺乔迁之喜，真是让我既感动又惭愧。

翼之先生的夫人稍坐一会儿就回去了，说是小外孙在家需要照顾，她是专门替翼之先生抱酒箱子来的，因为翼之先生自今年以来体弱多病，已经抱不动一箱酒了。这让我心里感到无比怅然，记得从前和翼之先生一起外出，假如有什么分量重的东西需要拿，竟都是翼之先生代劳，他爱说的一句话就是："搬东西这样的粗活，怎么能让女士来做！"可如今，他却需要夫人如此无微不至照顾了。

那天翼之先生参观了我的书房，高兴地说："你还是有一些好书！

真好！好好读，多买多读！"他那看到书格外惊喜和鼓励我多读书时殷切期待的神情，给了我很大的鼓励和信心。

几年前我们文化馆搬到文体局曾经的办公楼，十分巧的是，翼之先生退休前在办公室用过的书桌，现在又供我使用了。这让我感到非常愉快。王子兰来我办公室，我高兴地告诉她面前这张书桌，竟是翼之先生读书写字做编辑使用过的。记得王子兰这么说："你这是得了大便宜呢，就这么张小小的书桌，要知道它可承载过咱们成县文脉的一股清流啊。"于是我更加喜爱这张书桌，虽然它没有放置电脑键盘的抽屉，我就把键盘直接搁在桌面上，稍微高了点，但很快就习惯了。这几年写过的几十万字，大多是在这张书桌的电脑上完成的。

有段时间，翼之先生在天气晴好的日子里，偶尔会来我办公室小坐。每回看到我办公室的小同事安飞霏那么认真地读书学习，翼之先生都会欣羡地夸赞几句，说这个复旦大学毕业的高才生是我们单位的一株好苗子，这么年轻又这么勤奋，将来一定能成大器。谦虚的小安听到翼之先生的夸赞，自然是不好意思的，但心里一定很受鼓舞也很高兴，于是她就和我一起对着翼之先生笑了。

一回小安给我发来一副翼之先生当年为书法家包步洲先生撰写的挽联，说写得真好！联语如下：

志于道据于德桃李门墙花竞艳；
　　依于仁游于艺俊才绝调韵长新。

　　多年前已故的包先生一生从事教育事业，是我们尊敬的书法名家，曾获得过甘肃省德艺双馨人才奖，我们都很喜欢和敬慕他。翼之先生这副挽联，准确而恰当地肯定了包先生有坚守、弟子多、才华横溢且有佳作流传后世的可贵人品及其在艺术上的成就。如今我们回头看翼之先生当年给包先生的评价，实在觉得用于他自己身上也再合适不过。

　　今年因为疫情，我总有还没过完年的感觉，加之门框上翼之先生手书的春联还一直是崭新的，更让人有种错觉，仿佛日子还停留在禁足的那段时光。前一阵子还计划过，等疫情再稳定些，我要请翼之先生和几位要好的朋友来家里饮一场酒，自打我搬了新家，翼之先生总共就来过两回，还没有吃过我在新居里做的饭呢。可是，谁又知道，他这么快就离开我们了呢！

　　4月30日，我与王子兰晚饭后顺滨河路往青泥河的上游散步，说起翼之先生的病，我打了电话给他。和往常一样，电话响了再响，却一直无人接听，正准备给翼之先生的夫人打过去，翼之先生回拨了过来。对我们在电话里的问候，翼之先生表示了感谢，虽然说话有些吃力，但语气是愉快的，接着声音就低落下去，有点无可奈何地说他的病情"很不好"。这三个字很让我们吃惊,尤其是我,总觉得上次去看望他时,明明说是已经好多了呀。

5月1日,我带了婆婆和妈妈去二郎乡看牡丹花,陪老人过劳动节。那天我们整整游玩了一天,回城时天都黑了,也还提起翼之先生的病。我妈妈说我们成县的风俗不兴在夜里看望病人,否则被看望的那个人的病情是会加重的,若我要去看望翼之先生,一定要大清早去。

5月2日一早,我让儿子陪我去看望翼之先生。这回进小区门很顺利,有几个翼之先生的同楼邻居出入,我们正好趁了方便,没有按门禁。那天翼之先生已经很虚弱,是先生的夫人打开家门请我们进了屋,并直接将我们领到卧室。翼之先生靠坐在床头,脸色灰白,只颧骨处有微微的红晕。我知道翼之先生患肺心病,面颊上的红晕系肺热所致。翼之先生看上去特别没有精神,累极了的样子,即便如此,他还是努力挺直腰背,冲站在床脚处的我们母子笑了笑,尽量提高声音愉快地说我儿子"长成大小伙子了"。

我听出翼之先生说话有点喘,忙建议他躺下,可翼之先生叹着气告诉我,已经几个晚上不能躺着安睡了,说他这个病一发作就感到胸闷气短,只有坐着才舒服些。在他床头靠左的地上,放着一台制氧机,翼之先生的夫人说是孩子们前一阵儿给买来的,这几天就全赖吸氧和吃各种药缓解心肺供血不足。我建议翼之先生去医院治疗,他却担心孩子们又要请假会耽误工作。也是,这几年翼之先生每年都要住几趟医院,或去天水,或去兰州,甚至转院去西安,在我们县医院就更不用说了。每住院就必得孩子们请假陪护,翼之先生又是那样不肯给人添麻烦的脾气,就连儿女们,他也觉得自己总是生病而连累着他们。说到女儿单位效益不好,翼之先生忽然哽咽,一度停下说话,待平静些又叹息说自己成了这个家里的废人,一边就流下眼泪来。

我忽然想起我们的医生朋友朱金旭,便问翼之先生可否愿意让朱大夫帮他治疗,不用住医院,只需在门诊上即可。翼之先生和夫人都表示愿意去找朱大夫诊治,并立时预约了朱大夫,下午2点半去医院。

告辞时,翼之先生的夫人已经做好了早点,说是翼之先生要喝加了大米的豆浆,她刚刚把豆浆打好,并煮了鸡蛋。我劝翼之先生一定多吃点,以提高抗病能力。翼之先生下床送我到门口,说他虽然没胃口,不怎么想吃饭,但为了能早点康复还是愿意"努力加餐饭"。那会儿翼之先生的情绪略好了些,他仍然像往常一样要送我到电梯口,被我坚决拦着没让出门。房门关上时,翼之先生隔着门缝还对我微笑着说了声"感谢"。

5月3日一早,我打翼之先生的电话,想要了解一下先一天治疗的情况,电话振铃几秒钟后被挂掉了。我也就没有再打,而是通过朱金旭的微信了解到，翼之先生果然病势沉重了。朱大夫告诉我，翼之先生随时都会有危险。

5月6日下午，我在上班路上再次给翼之先生打电话，问他好些没，在家还是在医院。电话里翼之先生的声音更加虚弱，几乎气喘吁吁地告诉我，两天前又进了趟中医院，找了老中医抓回来几服中药，第一服才吃了四顿，打算吃完了再看。我问他吃饭怎样，回答是"不行"。

5月8日晚7点半，得到消息，翼之先生于下午6点50分去世。我约了王子兰去翼之先生家，他们家的客厅里已经坐满了人，正在商议翼之先生的后事。先生的夫人从内室出来请我和王子兰去见翼之先生最后一面，还是5月2日那天我看望他的那间卧室，翼之先生平躺在床上，先生的夫人揭开他身上盖着的被子，让我们看翼之先生宝蓝色带团花的寿衣。顺着衣服看上去，翼之先生面容安详，既像睡着了，又像沉醉在酒中。所不同的是，翼之先生现在戴了一顶绸缎做的圆帽子，因为有一点大，被他的夫人用针线从两侧往小里缝了下，这就使得帽子上有了亲人手制的痕迹，我想翼之先生一定会觉得格外熨帖和暖心。

才情若春水　风日俱洒然
——田瑞龙其人其画

　　画家田瑞龙作画之余，喜欢小饮，喜欢高歌，也喜欢于微醺之后纵意抒怀，写几行随笔文字。一天，他将随手写就的一段小文发来与我共享，文中描述他母亲大清早去看他，带着一些吃食和唠叨。在他刚刚起床后尚有点迷糊的当口，母亲麻利地放下手中的东西，将他的几案上迅速收拾了一番，略带惊喜地找到了自己前日遗忘在儿子家中的小物件，之后又数落儿子悬于壁上的临帖不到位，说还不如某人的字写得好，等等。就在他还没有完全反应过来的时候，母亲旋即告辞，麻利地下楼去了……

　　白描的手法，简约的叙述，田瑞龙的文字营造了一个个活泼的生活片段。母亲能干兼琐细的生动形象，于关爱中深藏望子成龙的殷殷之情，全在短短几行文字中得到传神的体现。面对田瑞龙的随笔小品文，我依然感觉是在读他的人物画，形象与背景各具笔墨，看似散漫的寥寥数语，那画中人与文中人便形神兼备了。于此，我似乎看到了田瑞龙在人物画创作上"以形写神"的笔墨功力,联想到近来所读他的画作,很有一些感受。

读田瑞龙的古装人物画,印象颇深是他所绘诗意人物和执扇佳人。基于田瑞龙对古诗词的爱好和熟稔,尤其对清照词集的迷恋,故他笔下的女子大多婉约清丽、温雅唯美。无论她们是伤春感时、含情念远、凝睇遐想抑或执扇沉思,画家总会置她们于一个非常贴近人物当时心情的环境下,让观者与画中人一起感受林花春红之烂漫、绿肥红瘦之惆怅、黄昏疏雨之寂寥。深深蕉叶、疏疏梅枝,飒飒竹荫、亭亭荷盖,无不与其所衬托的才女思妇一般,被画家赋予如诗如梦的柔情,从而使画面悠然安静、情景交融。令观者读画亦如读诗,流连其中不忍掩卷,生出回环往复的韵律之美。

古典诗词给予了田瑞龙笔墨语言的精致和灵动,中国儒道文化的积淀却成就了田瑞龙笔墨语言的底蕴。田瑞龙古装人物画中常见的《大美无言》《静观天地图》《孔子治学图》等画作正是这种底蕴的精彩表现。《大美无言》中哲人庄子端然坐于石上,神情宽和,长髯拂风,半开的竹简于手中垂落,分明是画中人的思绪已随风远去;而长空之下,但见闲云与众鸟一齐高飞,画面意境愈加辽远空阔、苍茫无际,令观者不知不觉进入"天地与我并生,万物与我为一"的心境。《静观天地图》之"静"乃在人物内心当中,外在却无一物是静的。且看老子捻须远眺之动作、蹙眉运思之神态,以及身旁长松劲枝、霜菊怒放，皆在昭示这是一个时刻运动着的万物世界，而画家笔下的人物正是想要在观望之后的静思当中发现运动的规律。《孔子治学图》写灯下夜读之景，背景简约、人物突出，以凝练之笔墨写传神之对象，画面安静和谐，氤氲着浓浓的书卷气，让观者不由得想到画家本人夜读之情景，若不是个人体验至深，又怎能有如此传神之笔！

田瑞龙热爱大自然，素喜游玩于同谷山水之间。常常择一晴好的日子，约上二三好友同道，穿林海、入深山，于惬意的游山玩水中赏景怡情，随手写生。家乡地理环境居北地而具南方景致的独特，恰好契合田瑞龙这个情感细腻的北方汉子的性情，于他笔下创作出来的林泉高士，自有其不同于别人的蕴藉风流。画屏上或独饮，或对弈，或幽读，或自赏之闲士，莫不超然物外，悠然忘机。更有古风《竹林七贤》，其所表现的出世情怀旷达洒脱，亦如秋潭月影，令观者在他的才情之间暂时忘却红尘烦扰，感知遥遥逝去的魏晋风度。

70后的田瑞龙，作为最具理想的一代人，他为了追求理想做出了不懈的努力。少年钟情绘事，青年游学京华。一个相对较好的时代给他提供了好的学习机会，他又兼得天独厚的禀赋与孜孜不倦的勤奋，年轻的田瑞龙已经在绘画上取得了不凡的成绩。这当然是令人高兴的，然而时代同样也给我们带来了困惑：如何在当今社会的浮躁和功利面前保持自己的素朴和本真？田瑞龙也许是在无意之间，也许是潜意识的作用，他找到了一个诗意而感伤的办法，那就是怀旧。已经不止一次读到田瑞龙一些弥漫着浓郁怀旧气息的文字，或忆事，或怀人，情感细腻、文风质朴，情节具有很强的画面感。家乡的鸡峰山、小湾吊桥、酒乡红川、王磨镇、宋坪乡等风光殊胜之地，在田瑞龙的文字中似乎永远是春天；至于好友之情、同窗之谊、长辈之爱，皆在田瑞龙的文字中被涂上明亮的暖黄色，温情脉脉、美意绵绵。

当然，田瑞龙的艺术语言，到底还是以笔墨功夫见长。当他远游未归、思乡情切之际，便将记忆中的西狭山水用画笔迁于纸上，神游一番，用他自己的话说是"一生好入西狭游"。熟悉西狭的人观画，见故地云崖高耸、林木参天，龙潭深深、栈道历历，顿感无比亲切；而未游历过西狭之人，必定被勾起一片热切的向往之情。

怀旧和回忆，容易让艺术家的心变得安静。前几日见到田瑞龙新画作《水乡新娘》，画面构图简单，低眉颔首的女子，粉面朱唇，一头如云乌发收拾得工整熨帖，发间系蓝色丝帕，身着蓝印花布素服，左臂上挎一红色的小巧包袱，端然静坐，情意无限。身后清荷带露，菡萏沐风，真真是玉人莲影，日月长新，有诉不尽的情意在此间，有味不完的贞意在其中。这幅画作的成功之处在于简静，在于画家内心的安然。是画家用最简练的笔墨营造了极丰富的意蕴，令观者读来，深味情在画中、意在画中、韵在画中之美。

田瑞龙的藏地风情系列画，是近年来被多位方家从不同角度肯定了的成功之作，也是他的作品中最具现实意义的一个系列。画家的目光专注于高原牧民的生活，那是一种实实在在接地气的生活，不容虚伪和矫饰。他们常常有宏大的气魄，有坚忍的品性。同时他们又是有信仰的一群人，故他们不空虚、不焦躁，更多的是悲悯和敬畏。乙未新春，正值羊年，勤奋的田瑞龙又有了新作，《育羊图》《扎西德勒》《小卓玛和羊》既唤起画家对藏地风情的回忆，又是一份厚重的新年献礼。田瑞龙在这一系列作品上的成功，也正是他率真个性的展现，是他饱满激情的释放。

　　道释题材作为传统绘画的经典叙事，很受田瑞龙青睐。《八仙图》就是他经常要做的功课，若巨制以墨色为主，则画面清雅，八仙神情恬淡，辅以沙鸥翔集、惊涛骇浪之背景，有蓬莱瀛洲之气；若着色浓丽，则画面繁复，八仙各具情态，一时海上风平浪静，仙鹤齐翔，具仙界雍容之象。影视演员马书良先生曾为田瑞龙的《八仙图》赋诗："画界多君画八仙，田君所绘不一般。若问不同在何处？唯有仙气亦了然。"可见观者对画作的肯定和欣赏。

　　生活中的田瑞龙颇有几分佛缘，慈眉善目的他言语温和、举止儒雅，因常怀悲悯之心，故懂得怜物惜人。他近期所作组画《花开见佛》别具一格，颇有意趣。《慈航普渡》之喜乐、《慧海临波》之谐趣、《缘物若水》之上善、《清静世界》之祥和、《凡尘自乐》之了悟，

《清涧如怀》之自得、《清和雅心》之散淡……智慧地表现了众菩萨的佛性禅心，读来令人气定神闲，如沐春风。

　　田瑞龙其人情重、其文性真，兼之条达洒脱率性而为的心性，故在他笔下，山明而水丽、花艳而果繁。读他的作品，总能让我们于多元芜杂的现世，于变易垢染的当下，觅得些许的坦然从容和人世清嘉。

春叶参差吐　新花次第开
——对杨文治及其书画创作的一点认识

几年前的一个夏日黄昏，我去紫金山下的山外山画室给杨立强先生送新刊印的《同谷》杂志，在杨先生家的院子里遇到一个戴眼镜的青年，二十大几的样子，正在给满院子的花儿浇水。这个青年看上去是干活的一把好手，手脚麻利，三下两下就给几十盆花浇完了水。在画室杨先生和我们坐下说话的时候，青年一直在旁边给大家茶杯里添水，很是殷勤周到，对杨先生和客人说话也相当谦恭有礼，初见面就给我留下很好的印象。看我和青年不熟悉，杨先生便介绍，这是陈院卢沟学校的老师杨文治，喜欢画画儿，是他的学生。

从那以后，我就经常能在杨先生那儿遇到他，一个热情、真诚的年轻教师。偶尔见他拿了画作和书法作品请杨先生指点，在场的人多会赞叹说画得好，写得好！但杨文治自己却不会沾沾自喜，而是紧盯着老师——杨先生——看怎么说。当然杨先生课徒，向来是先肯定优点再批评缺点。遇到肯定和鼓励，杨文治自然是高兴的；遇到批评和指点，杨文治更加高兴。在他已有既定目标和追求方向的内心，老师的每一次指导都极其珍贵，他也格外珍惜。常常是请杨先生看过自己的习作并提出指导意见之后，杨文治就会告辞，绝不会坐下来继续闲聊，我们都知道，他这是回去按照杨先生的指点重新练笔去了。果然，等我们从杨先生家告辞的时候，他已经在朋友圈发出来刚刚练习的画作或者书法作品，命名为"每日一课"。

就这样的每日习练，从我认识他之后好像从未见有中断过。我常常为他的勤奋和坚持感动，也在心里给自己说，瞧，人家杨文治还那么年轻，比我小十多岁呢，就知道如此用功做学问，真是值得我好好学习。后来再熟悉些，我们还很能说得来，知道他跟我一个属相，是比我小一轮的老鼠，具有友善、敏锐却坦诚单纯的性格，于是几年之后，我们成了好朋友，我在通讯录里备注他为小友文治。

2018年元旦前，小友文治要在同谷书画院举办个人画展，翼之先生为他写了篇谈书论画的文章，嘱我在《成州群文》报上发一下。配了几幅他本人的画作，我把这篇翼之先生的用心之作刊发于那年的第一期报纸的书画之页，算是对小友文治的祝贺。那次画展比较成功，参观者对杨文治的画作评价颇高，展览结束之后，所展作品几乎全部被喜爱者收藏。这可真是对他这个酷爱书画艺术且习练了二十多年的青年作者最好的肯定和鼓励。作为杨文治的朋友，我很替他高兴，同时也为我们身边有如此之多的热爱书画艺术的人而骄傲。

说起成县的文化圈,老中青三代各有成绩不凡的佼佼者,杨文治算是青年一代里比较优秀的一位。生于1984年的他,原籍成县苏元镇川子坝。在那块山水皆美的地方,杨文治度过了他快乐的童年时光。林壑秀美的高庙山、川流不息的西汉水不但孕育了这一方土地丰富的物产,同时也造就了它浓厚的人文气息。成县历史上小有名气的包氏学堂,作为成县西部教育的一个起源地,正是于明末清初时建成于苏元镇。以书法名世的成县教育界前辈包步洲先生,同样是从苏元这一方灵山秀水中走出来的优秀文化人的典范。

作为后学晚辈的杨文治,一出生即有这样的山水人文的滋养,可以说比别人多了几分得天独厚的幸运。加之爷爷读书人的出身,家中还留有笔墨纸砚等文房用品,包括一些画画用的颜料。乡村生活缺少孩童玩具,而杨文治并不寂寞,爷爷留下来的这些东西就是他最好的玩具。常常趁父母不在家时,他就把这些个笔墨颜料拿出来,在纸上胡乱涂鸦,竟在不知不觉中得到些熏陶。

上村学一年级,学校从一入学给学生就布置有写字课,杨文治从此正式学习写大楷。七八岁的他,对习字课似乎并不陌生,他觉得用毛笔蘸着墨汁写字是个很好玩的事情,这也许是潜意识中对书法的一种先天热爱,也可说是天赋吧。总之,杨文治初习字,并不像同龄人那样感到枯燥而不能坚持,相反他却从描摹一个一个的方块字中找到了无尽的乐趣。勤奋上进的他,从一开始习字就再也没有放下过手中的笔,这一坚持就是二十多年。

关于习字练书法,和我猜测的一样,杨文治还真是深受包步洲先生的影响。他说在上师范之前,一直习练的就是包先生的字。一来觉得包先生与自己同乡,有种天然的亲近感,再则在杨文治上小学和中学的那个阶段,包先生的书法在省内已有相当的名气。这个时期,他一边习书一边也没有忘记胡乱画几笔画。一次学校举办学生书画展,他的一幅花鸟画作品在参展之后被老师要去贴在了办公室,少年杨文治一下成了校园里的名人。这给了他莫大的鼓舞,也给他这个每天来回奔波十公里路来镇子上求学的农家孩子增添了不少自信。

杨文治当时满怀理想的内心中,一直以包先生和另外一位苏元籍的画家安兴魁先生为榜样。看到别人家屋子悬挂张贴的包先生和安先生的书画作品他就喜欢,听到某人去找包先生或者安先生求书索画,他就生出来不少羡慕之心。同时也向往着,有一天自己的书画作品也能够被人索要了去,给人家的屋子里添一抹雅致之美。为了早一点实现理想,他更加勤奋地向这两位先生学习,并经常从报纸上、书本的扉页上剪下一些图片收藏起来,有时间就临摹。就这样,杨文治在和笔墨打交道的日日夜夜中度过了三年的初中生活。

2001年,杨文治初中毕业考入成县师范(现陇南师范专科学院)

学习时，遇到给他教书法的李树民老师，也是他习书之路上第一个面对面教授过他的老师。李老师这样告诉杨文治：包步洲先生的书法非常好，但他也是从前人和各种名家碑帖中学习提炼之后形成自己的风格的，我们可以学，但不必囿于这一个名家的作品。想要在书法上有更大的进步，唯一必走的路就是临摹历代名家碑帖，并且要坚持不懈。

自此，杨文治在李老师的教导下，开始接触各种书法碑帖。《多宝塔》《勤礼碑》《妙岩寺记》《集王羲之圣教序》《兴福寺半截碑》及苏轼、米芾手札等后来都成了他一一临习的对象。常言说"拳不离手曲不离口"，只有勤学苦练，才能功夫纯熟。少年杨文治深知这个道理，他能够潜下心来临帖，几乎一天都没有间断过。师范几年的求学生涯，除了学好所有的必修科目，书法成了他最喜爱的一科学习内容。功夫不负有心人，临近毕业的时候，他已经是学校里小有名气的书画能手。他的书法经常被老师拿去给同学们当作示范作品。学生时代受到的各种鼓励和肯定，无形中给杨文治的性格里注入了不少积极自信和昂扬向上的勇气，这也是他在后来寂寞艰辛的艺术之路上能够大胆求索、坚持不懈走到今天的一份动力。

师范毕业后顺利招考教师，杨文治要求仍然回到老家苏元任教。在那方滋养过自己给过自己灵性的土地上，他兢兢业业工作了整十年。他一边教书育人，一边坚持练习书画，业余时间喜爱给书画方面有天赋的孩子辅导，颇得当地群众的好评。后来，工作成绩优秀的杨文治被上级部门调往陈院镇卢沟村小学担任负责人，那时候他已经娶妻生子，妻子与他志同道合，也是一名优秀的小学教师。工作忙，写字画画又占去大部分业余时间，幸运的是杨文治娶得一个贤淑的妻子，不管事业上还是个人爱好上，他都得到妻子最大的理解和支持。

2011年，杨文治有幸拜得杨立强先生为师，从此走上绘画艺术的正路子。他说在未拜师之前，自己的书画实践真的是胡写乱画，直到经杨先生指点，才知道多年来的书画实践不过只是个人的兴趣和爱好，跟真正的艺术差距还很大。有一回，他这样跟我说："现在想起来我以前画的画儿，那可都是些啥啊！可我还敢拿去让杨老师帮我看！杨老师可真是好，他并没有过多批评，甚至还给我修改了几处。后来等我稍稍入门，回头再看当年拿去让老师看过的画儿，自己就会脸红，会觉得自己真是太不知轻重了……"

说这些话的时候，杨文治脸上带着羞赧的笑，一半是惭愧一半又是感恩，深深感激于老师对他的厚爱和悉心指导。他还说："杨老师的人品和修养真是太好了，太值得我们学习！这要是放在别的老师跟前，老师一看你这画儿这么差劲，早就扔一边不看了，谁还会像杨老师一样，仔仔细细一张一张翻看完，接着再指出问题出在哪里，甚至现场就帮你修改问题。"

一旦有了领路人，杨文治便知道了自己努力的方向，从此他就很少走弯路。根据老师的建议，结合他自身相对比较扎实的书法功底，杨文治长期临摹学习吴昌硕先生和齐白石先生的花鸟画作品。临摹前代大师作品的过程中，杨文治一步步在摆脱自己固有的习气，逐渐走上符合法度的艺术道路。

以书法入画，原是文人书画家共同提倡的艺术主张，让具有意象美的书法艺术融入绘画当中，是使得绘画艺术更具慧心文气和笔墨魅力的不二法门。杨文治因其多年习练书法而具备身边同龄人少有的习画优势，因此在他的花鸟画中，蕴藏着一份笔墨的内在美和一种雍容和顺、纡徐含蓄的风格。

西汉大学者扬雄在他的《法言·问神》中提出过这样的论断："书，心画也。"他认为书法艺术作品是书家思想意识、德行、品格的直接反映，强调一个人书法艺术的高下与他的品格修养有很大的关系。这一点从现在杨文治的书法作品中已初见端倪。像他敦厚诚实的人品，无论条幅对联，还是斗方小品，抑或一个精巧的扇面，皆有一种端然正气，美而不媚，妙而不妖，极少轻狂不羁。然同时也受制于目下学养所限，杨文治的书法作品稍欠任情恣性、乘兴忘机的潇洒。

令他更苦恼的却是自己的书法与绘画之间的疏离，他说一直在摸索和不间断的练习中，但不知是功夫不到还是没有找到窍门，他至今做不到让书法和绘画在同一张纸上达到相当程度的契合。

即便有这样那样的缺憾，杨文治的书画作品在杨立强先生的教授和指导下，一直都在进步。继首次举办个人画展之后，这两年他更加勤奋。繁忙的工作之余，还要照看年幼的孩子，他的学习和练笔时间就只有在夜深人静之后。其实这个时间段也是大多数热爱艺术的人精神最充足、注意力最集中的时段。每晚搁笔之后，他都会把刚完成的作品拍照发到朋友圈，我一直关注着他，因此几乎每天都能见到他的书画作品。

在他笔下，无论数尺巨幅还是斗方小品，但凡临摹所得，皆能学得原作的几分神韵，望之俨然。当他感到临摹实在枯燥，也会顺手将所见的花鸟鱼虫随意描在纸上进行所谓的"创作"，感受一时的畅快和随心所欲。然而，当这些作品被杨先生看到之后，则会受到严厉的批评。

他画画的用墨着色，皆和他这个人一样，热情饱满又温和敦厚。荷花水仙一类富含水分的植物，在他的笔下叶嫩花娇，格外滋润。而梅花和兰花，则长于在枝干和叶片上的书法用笔，颇能取得苍劲有力的效果。至于海棠、桃花和牵牛花，他能用色彩点染花瓣儿的轻盈，同时又能用墨色体现枝干的厚重，给画面安静从容之感，让人观之顿生闲适之情。画牡丹、芙蓉和菊花，用墨用色都比较厚重，那种富庶中透着的清丽，像一个厚道之人，喜乐而少有刻薄相。《金果夏熟》里金黄的枇杷从蓊郁苍翠的枝叶间跳脱出来，带着阳光下的喜悦，而那些尚未成熟的绿中泛黄的果子，羞涩地藏在叶片底下，惹人怜爱。《岁朝清供图》中硕大的古瓶插一枝老梅，下面一只浅绿的砂壶，一旁散放着几样可爱的鲜果，画面清雅古拙，悠然自在，虽为临摹之作，然在形象酷肖的基础上却也颇有几许原作的清气。《松鹤图》笔墨苍润灵秀，或一对儿仙鹤结伴松下，如灵犀相通的神仙眷侣；或孤鹤独栖松下巨石，优哉游哉，安闲自在。《芭蕉图》中以枯笔淡墨写意大块面的芭蕉石头，以粗线条勾勒芭蕉，很好地表现出芭蕉"虽枯不垂首，笑言曾绿荫"的独特精神。

杨文治临摹吴昌硕先生的作品，在用墨和设色上颇有自己的体悟，能够做到大胆用墨，浓丽设色。但毕竟还是初学，往往在色彩的层次上还有所照顾不周，墨色的浓淡也还须继续体验和摸索。否则会和其他模仿者一样，没有体悟到大家作品中更深层次的内涵，反而极易流于俗气。

勤奋的杨文治深知写生的重要性，丰富多彩的自然界吸引着他一颗热爱绘画的心，只要有时间，他一定会去户外写生，更进一步培养自己的观察力，以期不断提高眼与手的配合程度。所谓"师法造化"，通过对自然日渐丰富的观察，期待自己所从事的艺术能从生活中多汲取些营养。自然，他是有收获的，因此他笔下的花鸟鱼虫、四季蔬果总能透出活泼的生机和盎然的意兴。

今年春节的一天，杨文治给我发来一首他学写的七言诗，说是省上有个抗击疫情书法展，他想自作诗，于是将初稿发来让我看。我一看真是很替他高兴，一首颇有诗意的七言绝句，不过有个出律的字，我建议他换一个字就行。这是个好苗头，人常说"画为写意，诗为心画""须知自古来，画家亦诗家"。倘若杨文治在自己的书画作品中融入一份诗意，那他的进步和提高将会更令人瞩目。

  杨文治还很年轻，他的艺术之路还很长，期冀他能在一如既往的勤奋努力之后取得更好的成绩。在这样一个好的时代，他有幸遇到杨先生这样的好老师，想必终有一日，他一定会笔老墨秀，再出佳作。

诗意的笔墨情趣

——鲁大鹏花鸟画印象

朋友圈中,鲁大鹏是大家公认的热心好友。因为人直爽、热情,故他快人快语的性格、豪爽大度的处事风格深得新老朋友的认可。多年来,他一边积极勤奋地在电力系统干自己的分内工作,一边坚持花鸟画创作,成绩斐然。

鲁大鹏对于花鸟画的喜爱,缘于父亲从小对他的熏陶。大鹏的父亲爱好书法,热衷于书画收藏,在对中国传统书法的临习和书画作品的赏玩中,做父亲的以耳濡目染的方式慢慢影响了大鹏,使他从小就在心里埋下了绘画的种子。上初中后,受著名画家王天一、杨立强、雷春等几位老师的影响,大鹏开始学习绘画素描、水彩画,后学习传统写意花鸟画。及至后来在兰州工业专科学校商业美术班学习绘画,接着又在西北民族学院美术系专修。一晃二十多年时间过去了。现在,年届不惑的鲁大鹏已是甘肃省美术家协会会员,也是小城很多人都熟悉的花鸟画家。他在长期的绘画学习中,大量临摹齐白石、任伯年、吴昌硕、李苦禅等大师的作品，奠定了自己的笔墨基础。多年来，一直追随我省青年画家李明、马胜利、折海鸿、石痕等几位老师，心追手摩，学习写意花鸟画的创作。

　　鲁大鹏的花鸟画取材，仍然是中国传统文人画题材。荷花、竹子、芭蕉、牵牛等四季植物，丝瓜、葫芦、葡萄、枇杷等各类蔬果都是他常常要去摹写的对象。在他笔下，荷清而竹秀、花艳而果繁；朝颜欣欣、芭蕉冉冉，无不显现出自然界生命万物的蓬勃朝气。诚如画家本人一样，无论何时呈现出的，都是一份对生活的热爱和笃诚。他的作品《清香》，画面虚实交错，花与叶上下呼应，墨淡而色雅，流露出一份恬淡冲和，正应了画题中的"清"字，可谓意在笔先。《金秋》上密下疏，画面简洁。墨色套着绿色晕染出数片叶子，淡墨勾藤，藤下两只秋香色的葫芦，温润光洁，一高一低错落开，随风微倾，颇有动感。《晨曲》中，一枝独秀的芭蕉叶片墨色雅润，两只麻雀从竹林中飞出来，羽翼丰满，奋力向前，像一对亲密的兄弟，也像一对贴心的夫妻，此呼彼应，奏响新的一天里活泼的节律。他的彩墨牵牛多取三角形构图法，宾主有序，层次分明。水墨泼写出浓淡适宜的叶片，三两朵红艳动人的牵牛花从中脱颖而出，一簇含苞待放的花苞偎竹而立，更兼两三蜜蜂飞舞，整个画面动静结合，充满生气。

　　除了花鸟蔬果，鲁大鹏笔下的小鸡小鸟、蝴蝶蜻蜓也别有意趣，常在画面中作点睛之用。在丁酉立夏所画的葡萄图中,两只雀儿在葡萄藤上相向而立,一只似在诉说,一只似凝神静听,画面温馨和谐,意趣盎然。另一幅今年新画的《丝瓜图》上,花盛瓜肥,垂垂而缀。下有小鸡两只,一回首叽叽,一低头觅食,自在之趣,皆出天然。还有逐荷而来的蜻蜓、随风翩然的蝴蝶,以及水中嬉戏的虾蟹,无不是笔情墨意的很好结合,给画面带来动感和情趣,给读者以喜乐,令人观之忘忧。

读鲁大鹏的画,常常让我想起学生时代迷恋过的汪国真诗作,干净、质朴、温暖。有着昂扬向上的审美,也有着和心跳及脉动一样的自然节律,情景交融,形神兼备。这些特点,竟和鲁大鹏的画作有很大程度的契合。可以这样说,他的画,是另外一种形式的诗意表达,是颇具诗意的一种笔墨情趣。

生活中的鲁大鹏,好读书,喜交友,善于从书本中汲取养分,亦善于从同道中借鉴学习。故他的画作,近几年长进不小。鲁大鹏待人真诚,交游广。前些年常有从兰州、西安来成县专门拜访他的画家和书法家朋友,他给朋友们提供画室作画,并把身边搞书法绘画及文学创作的朋友介绍给客人。大家一起谈画论道,饮酒品茗,于各自的学问上都大有裨益。他在陇南大道新华书店楼上的工作室,很多时候实际上就是一个文艺沙龙。朋友们来来往往,同道间相互学习,既加深了友情,又增进了书艺画艺。

创作之余，鲁大鹏还热情参与省市县各级画展，曾在省电力公司每年举办的职工书画展览上多次获奖，并积极参加市县宣传部门、书画院、美术馆等单位的书画展览，在自己与别人的作品对比中找差距，用虔敬和谦虚的心不断借鉴和学习，力图使自己的绘画艺术更上一层楼。让我们祝福他，画路越走越宽！画艺日益精进！最终到达理想的彼岸。

不灭的爱与火焰
——甲午仲秋于成县美术馆读佐军油画

读佐军先生在成县美术馆所展的油画作品，仿若走进一个充满爱的童话世界。夸张到变形的人体，蓝色为主的色调，给读者以无尽的想象空间。在这里，爱是表现的主题。画面上的女人是成熟而丰满的，从嘴唇到脚丫，从丰盈的乳房到肥大的腿股，无不充盈着果汁一样甜美的爱。于是，猫儿、狗儿、婴孩儿、小鹿、小马、小毛驴，以及天空的飞鸟，都为这爱的吸引而来了。在一幅温馨甜蜜的哺乳图中，因为被那娇嫩的婴儿抢先一步，猫咪就只能以艳羡的眼神及似乎有点可怜巴巴的神态趴在女人腿边，心里嘀嘀咕咕地祈祷：快点快点，你下来就该轮到我了。

另外一幅中却是两只漂亮的巴儿狗，陪那有着蓝色火焰般头发、红色浆果般肌体的女人共饮。高脚杯内殷红的液体，不外葡萄酒或者果汁，看上去女人已经品尝过它了，第二口是准备给她右臂弯驯顺的小狗喝的。小家伙估计喝过那高脚杯中的东西，也知道不怎么合自己的口味，于是很不情愿的样子，却也勉强地要喝上一口的。至于乖乖卧在女人腿边的那只小巴儿狗，一副懵然无知的样子，楚楚动人。

依旧是蓝色火焰和红色浆果组合而成的女人，在下一幅画面上又与飞鸟和毛驴相伴。是充满动感的画面：云彩随风花一样绽放，小鸟歌唱着，毛驴蹄声呱嗒，女人腕上的银镯子碰撞出跳跃的音符。小毛驴差点要笑出来，似乎比跟着阿凡提的时候有着更多的快乐和趣味呢。还有那陶醉在笛声中的骆驼与小狗，应该是夕照中的牧归图，女人是疲倦而安静的，笛声并不清越，是混沌、含蓄地流淌着的爱，火苗一样忽闪忽闪。在这世上，还有比爱更暖的温暖吗？那人、那狗、那骆驼竟至要融化在暖黄的夕晖中了。

爱是女人的造化，因爱而丰盈的女人有如神祇，日月相伴、花鸟为邻，那有生命的一切都被她吸引而来。爱是画家的追求，因爱而创造的艺术是对生命的诠释和报答。在以蓝色为主调的月光下，长发遮面的弹奏者，奔放的热情和青春的活力破弦而出。是弹给爱人的心曲吧？是火热的略带点羞涩的心里话！它烧灼一颗心已经很久很久，只有在月色中才能一吐为快，才能拨动爱人的心弦。难道不是吗？眼看那律动的琴声已经点燃了爱人脚下的野草，火苗温柔的舔舐，爱情之火由内而外在月光下燃烧。

月光下的爱是隐秘的，月光下的友谊却格外明快。整片蓝色的背景，树是蓝色的，马儿更是蓝色的，唯有河水的蓝色略略浅一些。马是有伙伴的，相跟着，想是看见河水的缘故，一匹马儿回头和同伴商量如何过得河去。回眸的瞬间，月光照亮了它们的友谊，小树上蓝色的枝丫仿佛火炬，也因为尊重和友爱缓慢燃烧。那时节，若要给这唯美的画面配音，是非小提琴不可的。

　　一棵树长在大地上，是再平常不过的事情。可当一棵树以火炬的姿态生长，要努力奔向阳光的样子，谁又能不被它积极旺盛的生命所感染呢？在画家的笔下，树在蓝色的天空下蓬勃生长，金色的树冠仿佛已被阳光点燃，借助风势而燃烧。田野金黄，远行的骆驼昂首挺胸，气质卓然，在色块与色块碰撞之间，骆驼变成了五彩神兽，背负吉祥与平安。

　　还是一棵树，树干被曲线分明的胴体取代，女人的胴体，依然如浆果一样饱满。那爱的汁液被葱茏的枝枝叶叶所吸吮，是一种理直气壮的茂盛，不容忽视的茁壮。绵羊静卧于树下，乖顺和与世无争的样子与树的热烈形成对比；或者暗含某种古老的寓意，让人读来颇有意趣。在爱的主题下，画家笔下的女人成为可以衍生万物的神，有着旺盛的生育力，有着一点即燃的爱火。艺术创作由此而生生不息。

　　油画所绘观音像我见得少，画家佐军在这次展出的作品中就有一幅。我唯独惊诧于观音神情的安详与慈悲，是那种与生俱来的慈悲和从骨子里透出来的安详。得有怎样的历练和修为才换得如此这般的神情？得有怎样的心血和深情才可画出众生心中的观音？还有那临溪掬水的仙女，天使般的纯情，陶醉着，任微风轻拂，裙裾翻飞，美到流水无声、飞鸟无声。

写实风景画的成功在于笔法的老到和成熟，也是最能显示画家技法的作品。这次展览中的几幅风景画，无疑应该是画家的成功之作，无论光感还是质感，以及画作中款款的抒情，都很能轻易打动观众。画家的笔触落到山间，山冷静而沉稳，落到水上呢，水热情又奔放。然而即便是有着强烈的对比和反差，却又能够很好地融于整幅画面中，有诗歌朗诵中抑扬顿挫的节奏美。

另有一幅风景，麋鹿跃走于黄绿驳杂的山间林地，仿佛一个怀揣梦想的少年，带着向往欢欣鼓舞前行。阳光落在林木和草地，以及草地上不知名的花儿上，碎金子般地跳跃着，与麋鹿的步调一起衬托出一方宁静。总觉得那阳光下的宁静充满着神秘和诱惑，前面是什么呢？回头等着孩子的母鹿？清澈透明的溪流？抑或梦中的伊甸园……

记得一个很有名气的作家曾经说过：好的艺术原该唤起观众个人的创造性，而不应当是纯粹被动的欣赏。前日在美术馆观看画家佐军的油画作品，我当时竟然有种冲动，就是想要把自己读画的感受用文字写下来，标记为：不灭的爱与火焰。想我这一份冲动应该算是画家的绘画作品赐予一个观众的创造性吧。谢谢画家。

柔软的三月

桃 花

天地赐美于人世，最风雅莫过于水流花开。

桃花盛开于河岸，碧水携晴云缓流。春风澹荡，春日迷离。

范坝人家亮蓝的炊烟，就是依着团团簇簇的桃花升起的。渡头桃花墟里烟，是诗，也是这世上一份实在的安然和温暖。

雨后新晴，湿漉漉的空气里，桃花要比在艳阳天下安静。这才应该是桃花的性格。因为桃花颜色的艳，也因为桃花花瓣的软，给了我们一个轻薄的印象。看花人爱它一时的缤纷，也怜它短暂的繁盛，却很少有人愿意画它，或能成功地将它的倾情绽放画出来。

这让我想起一个极其喜爱桃花的人说过的话：桃花难画，因要画得它静。

说得真是好！只有视桃花为知己，也许才说得出如此熨帖的话来。色彩用于描摹美，似乎要比描摹静来得容易。美在画面，静却在画里，是画外功夫。稍稍不留意，这花儿，极容易就被描出些轻佻来。

后来，看花的人发现，桃花开在三月，一朵是春信，两朵有诗意，数朵、数枝连缀在一起，就是一首能够唱出来的歌，由此便有了《桃夭》。桃花作为女子的形象被歌唱了三千年，明媚、妖娆，却又淳朴、温暖。那一唱三叹的"宜其室家"和"宜其家人"，单凭一个"宜"字，道尽桃花女子的柔顺和静好。

范坝桃花，比别处的桃花开得略早些，可谓得天独厚。但它并不张扬，唯给寻春的人一些惊喜。有花瓣儿零落在夜雨中，亦不显出忧愁和哀伤来，紧贴地面，依然保留它有温度的色彩。在人家洁净的小院里，一株桃花开在西檐下，隔了薄薄的晓烟与我打个照面。无由地，竟有种久别重逢的感觉，仿佛这开在眼前的桃花，正是小时候自家院里的那一株。

这可真是桃花与人亲近的好。好在是家常，好在任真情。

对于小时候我们家院子里的桃树，我关注桃实胜过桃花。懵懂无知的少年，还不太懂得花开的美好，倒是以饱口福为重。那是一株胭脂桃，桃花桃子俱红，甚至桃子还要红到心里去。掰开一个八成熟的胭脂桃，剔出它红艳艳的果核，可当个玩具玩好久。

我表哥四五岁时来我们家，正赶上桃子成熟。表哥爱吃桃子，可他的舅舅，也就是我父亲，每天早晚只分别给他吃两个，说怕多了吃坏他。倒不是做舅舅的不舍得，只因表哥是被寄放在我们家的，舅舅作为监护人，生怕小孩子家贪馋吃坏了肚子。

多年以后，我父亲辞世，表哥来我们家做客，说起小时候舅舅不让他多吃桃子的事儿，也没有遗憾，而是充满了怀恋。表哥说那件事对他的影响就是，成年之后的他懂得节制和收敛，并能够像我父亲一样成为一个有很强的责任心的人。

缘于桃树留给亲人的记忆，我一直喜欢无论生在何处的桃树。每每遇见，竟有种说不出的体己和亲切。

桃花赠我一枝春，我见桃花照眼明。桃花树下逢故旧，人与桃花一样亲。

三月的让水河，油碧丰腴。人站在河岸边、桃树下，看山色云影、幽鸟扁舟，俱随流水汤汤而下，心里就生出一种远意。采茶的歌儿飘过河，桃花单要落在河面上。水波玲珑处，看得出春水的柔软，竟是胜过花瓣儿的。

择一枝桃花入镜，以婉转流波为背景，花红水碧，水动花静，居然成就一张好照片。赏玩之余，心里是满溢的物华春意。这是今年春天，桃花流水给我最好的馈赠。

花　轿

民谚有：大姑娘上花轿——头一回。

说的是初嫁女儿。里面有新嫁娘的羞羞答答，更多是一份对世间婚姻的珍重。全系在"头一回"这个字眼上。何其美好！何其矜惜！贞静可爱若此，又皆承载于一顶花轿之内。

被车辆取代了花轿的中式婚礼，可说是我们婚俗流变中的一大败笔。传统婚礼中的一应道具随之被取缔。欢天喜地的唢呐、热闹欢腾的迎亲队伍，以及遮盖新嫁娘娇羞面庞的红盖头，全都成了无用之物。西洋婚礼盛行于中国大地几十年，婚纱已常见于我们最僻远的乡村。新嫁娘少了遮羞的红盖头，也少了一份甜蜜的神圣感。

一直以为，我们的生活中是再也见不到用花轿娶亲这一传统婚俗了。偶尔在影视剧中看到，却总以没有现场感而认定那就是演戏，是不真实的；也曾在旅游景点上遇见专门抬花轿的人，几十块钱抬着你走一圈，也纯属娱乐。十年前在杭州宋城，我母亲就很想坐坐那种专为表演的花轿，既是新鲜体验，也是对自己出嫁时没坐花轿的弥补。我当时极力反对，就只因为看到轿夫的吃力。

看到我母亲失望的表情，最终我还是向她妥协，交给抬轿的人二十元钱，让我母亲坐了一回花轿，绕着一个小小的广场被晃晃悠悠着转了一圈。九月的天气，我看到轿夫身上的红绸衫是汗湿的，这让我着实心生内疚，以至于那天我对母亲的喜笑颜开都表示了不耐烦。

事后我却又想，假若人人都如我这般体恤轿夫们而不愿花钱取乐，那他们就还得另谋一个吃饭的行当。

那回陪母亲出游，同行的还有一位老太太，比我母亲大八岁，她看到我母亲自己花钱坐轿子，很有些不以为然，后又对我母亲说，她当年结婚，就是乘着花轿进的夫家门，并且还是他们村里唯一坐过花轿的新嫁娘。在她之后，就再也没人用花轿迎亲了。老太太自豪的表情和在一瞬间亮起来的眼神，忽然让我明白了花轿之于女人的特殊意义，明白我母亲为何那么固执要坐一趟花轿。

几年过去，随着民族风的盛行，花轿迎亲的婚俗忽然悄悄流行起来。皆因为它有一片红彤彤的喜庆，有一派亮堂堂的热闹。虽然喜庆和热闹也就一天的工夫，却也足以给这人世里的大欢欣锦上添花。

我家乡陇南各县民俗大同小异，唯有文县中庙镇一个叫联丰的村子，至今保留有花轿迎亲的婚俗。八人共抬一顶喜轿，由司仪说唱领路，吹吹打打中迎娶新人到新家。司仪是村民推举出来的本村贤能、吹鼓手、轿夫也都有专人，为四邻八乡的乡亲们服务，兼赚些辛苦费。因为传统婚俗的承继，使得联丰村比别的村庄多了些古色古香的意味。同样莺飞草长的时节，这个小小的村落因其独有的淳音淳德，那穿过村庄林木间的和风，满满的都是清馨淑气。

回归传统婚俗,多少慰藉了一些怀旧的心,也无形中传递了一个信息,那就是祈盼婚姻的现世安稳。仿佛新嫁娘经由花轿那么一抬,就清贵了许多。红盖头是心甘情愿顶上头的,那垂垂围落的小小世界,算是一份自囿,让女儿家在赴新家时能略略收敛些娘家时的娇纵和任性。还因为与外界短暂的隔离,也才能专注品味这一路上千回百转的情思。

三月里在联丰游玩,专门体验了一回花轿迎亲的传统婚俗。同行的女伴众多,依次在花轿中被抬着行进了一程。面对花轿,一群早已经为人妻母的女子,竟然都显出平常少有的羞涩和难为情。恍惚中被劝进花轿中去走一遭,那温柔的更添了三分妩媚,刚烈的自有了几许婉顺。每每从花轿的窗口中映出一张脸庞,竟都是无须修饰的美颜。一种心中自发的清丽写在眉梢眼角,仿佛人人都刚刚从清纯少女走来。还仿佛自己又开始了一段新的人生。从前的那个人在上轿的瞬间被放逐,新我在花轿中重生。那有人抬着颤悠悠走过的一段路,该是一次短暂的涅槃和回归。在轿中,新我所感,竟皆是寂静、安然。

下得轿来,才发觉自己竟如抬轿的人一样,汗水涔涔。可见舍弃旧我是件费力气的事情。早些时候拥堵于胸的诸般块垒,在那一刻得到了释放;也让人体味到,花轿中这一段被别人用肩膀扛起的行程,犹如摆渡。若这一程,是人生路上有缘,则此岸之我是茧,彼岸之我应是翩翩飞蝶；倘若是劫，则此渡非得要有自身的大造化才可过得去。

京剧《锁麟囊》中有一节唱段，说的是薛湘灵路遇同日出嫁的贫女赵守贞，坐在残破不全的花轿里自哭身世，引薛湘灵动恻隐之心而慷慨赠囊于赵的故事。这一节貌似平常的情事，就发生在两顶花轿中。轿中的薛湘灵当时自认命途通达，谁知料定的铁富贵也敌不过一场天灾。而那接受了薛湘灵接济的赵守贞，却由此改变了貌似天定的命运。

二人乘坐的花轿虽小，承载的故事却极有分量。它道尽人生的悲欢离合和穷通冷暖。沉甸甸的程派唱腔，幽咽婉转，低回曲折，唱出来生而为人的一番辛苦，也唱出来人世里不尽的炎凉。

薛、赵二人在花轿中，早已注定命运将有一次大的逆转，但轿中人并不知道。她们各自抛掉了前生上轿，在小小花轿中被注定了今生今世的三劫七情。下轿，犹如奔赴了来生。一路的走走停停，一路的反思回顾，最后才发现，却原来一切皆有定数。而这个定数，就在引渡般的花轿中等着她们。

当日里好风光忽觉转变，霎时间日色淡似坠西山。在轿中只觉得天昏地暗，耳听得风声断，雨声喧，雷声乱，乐声阑珊人声呐喊，都道是大雨倾天……

人生若必遇浴火重生的时节，天地亦为之动容。且听那风雨雷电的激切，竟是造化为轿中人的脱胎换骨敲动的铿锵鼓点。

那花轿必定是因陋就简，隔帘儿我也曾侧目偷观。虽然是古青庐以朴为简，哪有这断花帘、旧花幔、参差流苏残破不全？

未跳脱之时，我们只相信自己的所见。薛湘灵在轿内看到的是赵氏的赤贫堪怜，她还没有看到自己在下轿后有一段路，更是要走得颠沛流离、苦不堪言。

轿中人必定有一腔幽怨，她泪自弹，声续断，似杜鹃，啼别院，巴峡哀猿动人心弦，好不惨然！

若涅槃真是很痛的话，如此这般的哭号，也是可以理解的。它是释放，也是别样的发声。她说，她是哭着与过去告别。

我儿子一岁到两岁之间，是我婆婆从乡下来帮我带他。我婆婆喜欢看戏，但只看秦腔，不喜京剧，说是一听京胡响，就像回到了样板戏。一回戏曲频道播放张火丁演唱的《锁麟囊》，因为我喜欢，便硬是缠着她陪我从头看到了尾。《春秋亭》一节，看到两顶贫富悬殊的花轿，一富丽一素简两个女子，虽都是花一样的娇颜，一个珠翠满头，一个愁苦遮面。同为哭嫁，富家女哭得优雅节制，贫女却哭得那样不顾一切。我婆婆说这个穷人家的女子遇见别人比她富，竟然就真的放声大哭，你哭，难道就能哭出个荣华富贵？

我由于迷恋张火丁的唱腔，也顾不上和婆婆细论，只示意她继续往下看。到了赠囊的时候，我婆婆又有了疑惑：这么大的宝贝，真就舍得送人？这薛家的女子又不傻！

然而到底还是送了人，我发现婆婆入了戏，满是不舍得的神情。后来薛湘灵落难，缁衣布裙出现在赵守贞家的花园里，因侍候不周遭到人家小孩子的刁难，我婆婆开始用衣袖拭泪，想是起了身世之感。但我也不问，仍然专心看戏。

《花园》那一节，我婆婆忍不住发了感慨："人活一辈子，谁都有三年鸿运，也都有三年霉运，鸿运里莫踢福，霉运里莫低头，熬着忍着也就过去了。"安慰人的语调，就仿佛那戏中落难的女子是她的亲人一样。这可真是这一出戏的好，好在戏里戏外的人能隔屏相亲。

但我婆婆说的话却让我心酸，中年守寡并独自拉扯了四个儿子的婆婆，前半生受尽了困苦生活与人情冷暖的折磨，早就不轻易动感情，不怒也不悲，活着就只是认命。就只是凭着隐忍和坚持，才走过她悲苦交加的大半生。眼前不过一出戏，我婆婆却认了真。她说："戏就是要让人看了以为是真的，才是好戏，我刚看到最后两家人团圆了,赵家也把恩人认下了,我心里就好受,一好受还就淌了两股眼泪……"

感慨之余,婆婆有点不好意思,还有点错怪了人的样子,慢条斯理地说:"我一开始还怪那薛家的女子不该把宝贝送人,结果还算送对了,其实才是给自个儿积攒着哩。"我笑着答应一声:"度人如度己嘛。"这回是我婆婆诧异了:"你一个娃娃家,说的话咋和我们庄子后面白马庙里的和尚说的一样!"我婆婆每月农历的初一和十五都去白马庙斋戒礼佛,不识字的她记性好,和尚说过的话她也给记下了。

几年之后的一个暑假,我婆婆来我们家小住,我在办公室接到儿子的电话,说他奶奶要看有两顶花轿的戏,问我输入怎样的字眼就能搜出来。我十分会意地给儿子说:"《锁麟囊》。"那天直到我回家做熟了一顿饭,我婆婆都没有从电视前离开,入迷地又看了一遍当年看过的那一出人世间的悲欢离合。

春　宴

酒倒在碗里,浓茶一样,并且是热的。

酒气氤氲成一团香雾,仅是闻一闻,便已有三分醉意。留得三分,是让你醉于碧口柔软的三月,另外三分才是真正的酒醉。总之在一个实在太美的地方,你不可以完完全全沉醉,须得有一分的清醒,保证记忆中一些细节的留存。

趁热呷一口这鲜甜醇和的范坝黄酒,四野鲜花在眼前摇曳。"春风尔来为阿谁,蝴蝶忽然满芳草。"说的应该就是这个情景。对一个爱酒之人,倘能与友共酌,恰又在春和景明的艳阳天,朋友们又是应约而来,那么,相较于此,人世上难道还有比这更美好的事情吗?

以碗来斟酒,自有一番豪情在酒里。以女子的柔情饮它,却味得这酒中的芳意无限。一碗酒尚未饮完,女伴们"互指春腮",笑作一团。起来走走,人人会烟视媚行,就像这并不怎么浓烈的酒,却有着十分令人沉醉的力道。

天作席棚,地设酒桌,围坐在一起欢宴。这才是乡村酒宴的宏阔敞亮和大气派,素朴中不动声色的华丽。

山珍美味尽皆入盘,这碗盘便有了几分闲野不俗,就连平常的竹木筷,亦不像只会搛菜,而是可以搛动食客的林泉之心。好客的主人家手拎大酒壶逐桌劝酒,自己也陪上喝。明明桌上的菜肴已经都无处摆放,碗中的热酒刚喝干,就又斟满,还要说不成敬意,真是一份本色天然的慷慨与谦益。乡村世界就有这样好,好到让人如临松风月露,自在得不一般。

不免就有喜爱歌唱的人，要在人群中唱出他的喜悦来。小曲儿经温润的黄酒一漂，越发甜糯，直唱到又有几朵花儿悄悄绽放。

五代冯延巳有词云：春日宴，绿酒一杯歌一遍。说的就正好是此时的光景。可见赏心乐事与美景良辰，从古到今都是心意相通的。

寸　草

顺河风吹软了桃枝柳枝，河中水涵养着碧口人家的三春光景。

菜市场临河而建，像一个巨大的葫芦，通往市场中心斜而窄的夹道，便是这葫芦的歪把柄。我喜欢逛菜市场，去一个陌生的地方，倘对那儿的风物还不是太了解，只需逛逛当地菜市，便可知道个八九。

站在葫芦柄样的菜市入口，青菜萝卜夹道相迎，棵棵株株都有着干干净净的笑脸。因为水的便利，上市出售的菜蔬全都是仔细清洗过的，而且码放有型。这可看出一份整洁干练的心劲来，也足见这一江碧水的滋润，竟是从内而外地生发。

水葱儿剥了皮，但不去根，却留下一撮茸茸的毛须，雪白葱段与绿叶中间是温润的过渡色，如翡如翠，然又不像翡翠那么硬，是汁液饱满的柔和。水萝卜的红颜依偎在青碧的莴笋旁，鲜净分明，憨嘟嘟惹人怜爱。成束的蒜薹、香椿、韭菜、野菜，以及堆在笸箩里的小红薯和青菜头，个个生机无限，也让人心里生出无限情意。鱼腥草我不爱它的气味，但依然觉得好看，红绿配，才是春天。还有柔丝垂蔓的豌豆尖，是成县没有的菜蔬，都一并买了带回去。

走进碧口这小小的菜市场，还真有走进春天山野的一丝迷离恍惚。进到市场中心，摊点俨然，各自成阵。肉铺和调料铺最具规模，我却也不多看，而是直奔卖豆腐的摊点而去，碧口豆腐是名副其实的好，吃过就忘不掉的那种香。

成县也产豆腐是压榨紧实的老豆腐，表皮上印着裹豆腐软布的布纹，也好吃，只是吃起来常有淡淡的焦糊味。碧口豆腐不一样，属嫩豆腐，我们也叫水豆腐或者南豆腐，用石膏做的卤水，因此碧口豆腐就格外细嫩白净。还因为水土俱佳，碧口的大豆就比别处的更好些，又兼传统制作方法，做出来的豆腐自然鲜香适口。

菜市场的豆腐摊点一家紧挨一家，摊主有男有女。我单拣一位圆圆脸的大嫂摊上去买，人家肤色白净，脸儿圆圆，一副福笃笃相貌。张口说话，声音也蛮好听的。我买了四大块嫩豆腐、四份烤豆腐和少许豆腐干。烤豆腐我是头一回见，我问大嫂这个好吃不，人家就连忙用切豆腐的长柄刀刃切下一小块来，请我尝。我原是最不惯在街上吃东西的，何况当着生人的面。而那大嫂，执意殷勤，非要把一点豆腐干送到我手里。感于人家满脸的真诚和信任，我只得迅速接过来填入口中，闭着嘴巴悄悄吃了下去。单纯的咸香，带一点点熏肉味,很好吃。

　　清早在碧口买得菜,晌午时就回到了家。正好我母亲进城来,在家里等我。出门不过三天,我母亲就说好一向没有见我。她近来常说腰疼,只盼天气再和暖一点,想要做针灸治疗。正是乍暖还寒的时节,敏感的老母亲心情晴雨无定,外加疾痛,难免烦躁,总没有个笑模样。见我回来,居然兴致勃勃大包小包带了些菜蔬,颇有些似喜还怨的神情。后又见我也给她带了文县贾昌柿饼,这才略微高兴些。

　　我没有顾上休息,一溜烟进了厨房,从冰箱里摸出几朵香菇来,洗净切片,热油里煸炒出香味后烧成清汤,加入碧口带回来的嫩豆腐和豌豆尖,做了一海碗香菇豆腐豌豆尖汤。豌豆尖原本已经够鲜嫩,考虑到老母亲牙齿不得力,我又一枝一枝把茎上掐去了约莫两厘米,保证留下来的都是又脆又嫩的芽尖。绿、白、褐相间的汤碗里淋几滴香油,加少许盐,虽未入口,看着闻着就有了食欲。

　　一碗菜汤,两个埋沙饼,几颗鹌鹑蛋,我和母亲吃了简单的晚饭。又闲话了一回,我爱人就回来了,他开车送我母亲回乡下家里,我坐后面相陪。腰痛使得我母亲上下车都很困难,但要强的她也不让我拉一把或者扶一把,硬是拽着车门上方的把手挣扎着上去,又挣扎着下来。然而进家门的几级台阶,她不让我扶着却是万万不能上去的了,腰痛使不上劲,手又无处拉拽,我就像拖孩子一样把她用劲拖进了家门。

　　我母亲最是爱面子和注重形象,虽说年已七十有五,平日里也多病,却一旦出门见外人,必是腿端腰直,即便哪儿痛着,也绝不肯打弯,一副"我能挺住"的样子。但这回一进门,她整个人就完全放松,散架到床上去,开始皱着眉呻吟。我打了半盆热水,给母亲热敷腰背部疼痛的地方,兼按摩。我的手一挨到她的肌肤,明显感觉母亲的呻吟就轻了许多。我懂得,她的疼痛在肉体上,孤单和寂寞却是在心里。她需要我与她更亲近些,需要实实在在的抚慰,心里才会踏实。

　　之后,我给母亲贴上止痛的膏药,把她睡衣的下摆拉得平平展展,这才帮助她翻身睡好。又陪她说了一回话,看她虽然偶尔皱眉,说明疼痛还是有,却没有再呻吟,眼神也柔和了许多,甚至听我语速极快地说话,好几回还笑了起来。

　　这一笑,我的心即刻就软到像糖化在了水里,安静而且甜蜜。

官鹅四重奏

雪　韵

没有哪种白，比雪还白，也没有哪种冷，比冰还冷。

白雪覆盖着寒冰，在白白的日光下，忽而浅蓝，忽而淡紫，忽而靛青，变幻着冷色独有的光芒。这使得原本就美得耀目的雪，更有了几分华贵和冷艳。

一朵雪花儿，是轻盈的。千万朵雪花儿，竟有了一些分量。无以计数的雪花儿，便使得峡谷的美，开阔而凝重。我想用茫茫二字来形容，却又觉得不够明晰。银装素裹太俗，皓然一色有些笼统。其实，这峡谷中的雪，是有光焰的雪，它适宜照亮和点燃。

倘若蛰伏了一整个冬天的心，有些许的潮湿和阴冷，就让这雪的光焰给心以明亮的引领。或者爱，沉寂了很久的爱，似乎要感知不到了，这雪的光焰足以使它再次燃烧。

心底存爱，内心有光，人生便不惧风雨，生命可温暖如初。

走在雪地里，阳光下，感觉自己也在发光，从内而外通透了起来。

这种从内而外的感受，其实是一种心情，是冬游官鹅沟时的愉悦和舒畅。一方天地，有了短暂的停顿和安宁。一颗心，恢复本初的纯洁和天真。

冰　韵

冰天雪地的官鹅沟，可说是一首含蓄蕴藉的情诗，伏笔在雪花开放之前，隐喻在冰瀑融化之后。

那些珊瑚样的冰挂，恰如怀珠韫玉的长短句，不用读出来，仅仅一瞥，已是触目琳琅。云朵似的冻层，分明是诗心激荡的旋涡，层层叠叠，万语千言竟不知从何说起。至于那些晶莹雪淞上的冰花玉絮，洁尘独傲，却似一曲《梨花颂》洒落上去的音符。

玉剑悬空，瑶琴倒挂，是官鹅冰瀑里英雄美人的组合。阳刚与阴柔共济，情致与胆识共生。

凌空而下又矗地而立的，既是李太白的"白发三千丈"，又是杜子美的"江云飘素练，石壁断空青"，竟都因诗而成，因诗而别有韵致。

更有流泻于碧水中冰挂的一只脚，也就慢了那么一点点，便再也迈不动，举步维艰，只好小心地耽搁在琉璃样的水面上，却也更衬出它的莹润和剔透。

帘幕一样垂落的，是开合有度的散章，沉静、默然，貌似闲笔，却仍"别有忧愁暗恨生"。

皆因为官鹅诗意，游历者一旦走出峡谷，便成了最认识自己的诗人。"独有诗心在，时时一自哦。"或萧散，或恬淡，或热烈，或痴绝，总要有一番抒发，方不觉得是虚了此行。

情　韵

官鹅沟单以她的天然风韵面世，似还嫌不够。娥曼这个姑娘便从神话和传说中走了出来，以她爱而不得，以她爱得辛苦和痛，给这一方天地的美平添几许凄楚和动人。

神话说，娥曼这个美得举世无双的女子，她在亲见爱人死去之后，眼泪流成了十三道瀑布。

幸而我曾见过官鹅秋水的汪洋恣肆，才让我能够知道一些娥曼这姑娘烈烈如火的真性情。

且看那时从天而降的激流飞瀑，千尺素练，若无有刻骨之痛，又哪来滂沱泪崩。且听彼处泪流的声音，訇然作响，震耳欲聋，你才知这女子心中的悲痛有多深重。

杜拉斯曾经说：泪水既安慰了过去，又安慰了未来。爱是一种不老不死的欲望，如果爱，请深爱，爱到不能再爱的那一天……

已然不能再爱的姑娘，过去与未来都在泪水中被涤荡。

天地垂怜，一个人的悲伤怎么能如此一发而不可收！何况娥曼是这样一个美丽的女子。于是一夜间，泪瀑在寒风中被封冻，忧伤不再流泻，季节敦促她治愈了自己。

冬 韵

冬天莅临北国大地，到处一片萧瑟，仿若季节的暮晚，也像垂老的人生。唯有官鹅沟的冬天，竟别有一番不同和异趣。倘说这峡谷之春夏，是青葱活泼的姑娘，再喻这峡谷之秋水，如风姿绰约的少妇。那么，谁要是以为这冬天裹挟着的峡谷，该是皓首华颠的老妪，那可就是要犯错了。

是的，这冬日之峡谷，在季节的暮晚时分竟返老还童了。似乎是一夜冷雨淅沥，或者是一场飞雪漫舞，官鹅沟，忽然回到了自己的童年，仿若天真烂漫的女童。

不禁想象，这美不胜收的自然尤物，她的生机，竟是从白雪皑皑的冷冻寒天里勃发的。

为什么总要将她女性化？

因为她是阴性的峡谷。

别看她是由雄伟的峭壁围成，也别说她夏日里悬岩飞瀑的奔腾，单一个透迤跌宕，单一个幽婉深情，我便认定官鹅沟是一个女子。

这女子，亦如尘世上的女子一样，是多变的。东风澹荡，她春水微澜；夏阳似火，她曲径通幽；金风满谷，她色彩斑斓；北风起，她便凝心事，敛情怀，忘却季节的烦恼，率性做一回天真无邪的孩子去了。

有如初生婴儿，粉雕玉琢，团团可亲，由不得人就想去接近她，拥抱她定格在崖壁上的千寻飞瀑，跃然于她漫漶在谷底的三尺冰冻。而游人，一时间竟以为自己也回到了童年，可以大声笑大步跑的时光。

有人的确大声笑闹起来，边笑边滑倒在冰面上，几只互牵着的手，因此无奈地松开了。然而这跤摔得一点都不尴尬。有多久没有如此亲近过大地？又有多久没有和小伙伴牵手同行？

官鹅沟这个女孩子，顽皮又可爱，她把自己的童心，用冰包裹起来，塑成峡谷里最自然的冰雕。看上去晶莹剔透，却永远不知道她在想些什么。引人好奇，惹人迷恋，有人把手抚在冰挂上，像抚琴。有人想听到琴音，有人还想感受琴心，但总是失望，仿佛冬天里的她，是一个空心人。的确，作为孩子，无忧无虑才是本心。

因为人的私心，总喜欢把自然之美拟人化；也因为人的有限，便以为只有拟人，才算对自然之美有所了解。尽管明白，却还是未能免俗，不自觉地就把这神奇美丽的地方比作女子，比作孩童。恰因为自己对童真的不舍和自认世间女子的美好。

难免又想象，冬天过去，春风再一次吹响峡谷。这可爱的孩子，又会怎样一夜之间长大成一个多情的女子？该会怎样卸下透明的铠甲，释放自己？是和风从外而内的吹拂，还是地气从内而外的洇渗，才会让她重新变得柔软，风情款款地走进自己的青春时光？

山湾梦谷礼赞

身体中住有神灵的石头

　　岷江跌跌撞撞奔至化马乡时，仿佛一个长途跋涉的旅人，远远望见故园村落的炊烟，脚步不由得就缓了下来。

　　岷江有心，它的心在两河口比在沿途任何一个地方柔软，它知道，再往前几步，就可以欢畅无比地扑进白龙江的怀抱。一路的希冀盼望中，越是向前，世界越大，开阔的远方是所有河流心中不变的梦想。

　　我想说的是，岷江——祖先们称作"宕昌河"，亦唤它"羌水"的一脉江流，在化马这个地方一如放慢脚步即将归家的游子，它整顿衣衫，肃穆表情，施施然，颇能显出作为一条江的从容气度和态势。显然，它将与另一条河的汇流看作一场隆重的仪式，它不肯马马虎虎就这么凑合过去。另外一个更为重要的原因，在它的东岸，矗立着一块身体里住有神灵的巨石——化马神石。

　　古老的藏羌文化中，神无处不在。大自然对于神的欢迎和认可，就是允许神随意住进他们喜欢的地方。化马有神树、神泉和神石的庇佑，化马遂成为福地。岷江流经此福地，奔腾激越的江流因虔敬而变得舒缓，因岸上神石的注目，江水不由自主脉脉含情。

拜过神石，岷江蜿蜒而去，我们逆流而上，探访一个叫山湾梦谷的地方。陡峭的盘山公路确乎既惊又险，却不会让人觉得害怕。有神石在山下，人不必有任何疑惧，只要人心坦荡，一如浩浩岷江。

盘盘的公路像首歌

从低音区到高音区，这是一首千回百转的歌。

你既不敢亮开嗓子慷慨放歌，却也不能若有所思在心中浅唱低吟。你只能被公路曲折的长调拽着牵着，磕磕绊绊一路唱下去，中途也许有过几秒钟的走调，路边的树木和山石及时替你做了纠正。

于是还算顺利，你把这首歌唱到第一段的休止符那儿。松一口气，惊喜跃然心上，原来这好不容易抵达的休止的所在，即是山湾梦谷景区的山门。

鲜艳的傩面具装饰似乎还不足以表达这悬崖上村庄里的神秘和喜气，格桑花丛丛簇簇挤过来，倘若她们要接着唱，一定会是《迎宾曲》："来来来呀——来来来——花开朋友来。"

就这样被歌儿引领进山湾梦谷,走进大山深处的古羌民俗田园乡舍景区。弯弯曲曲的公路是山湾梦谷脱贫主题音乐会上的序曲,它开启这时代的华丽篇章中关于山背村和罗湾村整体脱贫的主旋律。

幸福从一个绿色的梦开始

像有根神奇的线牵着,在全国"万企帮万村"精准扶贫行动中,重庆市绿化产业投资建设集团有限公司伸出帮扶的手,握住的恰是甘肃陇南宕昌县的山背村和罗湾村。

千里岷山的怀抱中,它们是一脉同根的子孙。踏上这片土地的绿色追梦人,坚信彼此的相遇,真的是一种缘分。

重庆绿投公司的掌舵人邱本良这样说:"我对这个地方是真有感觉哟!一来到这儿,就觉得一切都很投缘。不要说山间白云的悠闲,不要说深山泉水的甘甜,单是这山村的静谧带来在城市中很难享受的良好睡眠,我就知道,自己对桃源秘境般的山背罗湾已经有说不出的喜欢。"

帮扶是使命,喜欢才有真情。幸福从一个绿色的梦开始,像一个虔诚的信徒,邱本良发愿要把自己喜欢的地方打造成人人能够实现梦想的圣地。

外出务工和易地搬迁，帮助村里的年轻人实现了走出大山去往城镇生活的梦想。祖辈们生活了上千年的村庄，也许会沦为沉睡的荒村。

该怎样去唤醒？又如何去呵护？怎么样来延续？这让人因它的天然幽闭而心生向往，又因为困苦贫瘠而让人心痛的山背村和罗湾村！

真心的喜欢，给现代设计师在这片土地上取得成功的底气和自信。短短两年时间，原先荒凉破败的村落，经过精心打理，获得了浴火重生。

宽阔的乡村公路取代了羊肠小道，马达声声，山坳里飘荡的炊烟笑了。

农田、林地变身为景观花海和有机蔬果园，树绿花艳，蜜蜂、蝴蝶、小鸟和孩子们一起笑了。

闲置的民居在匠心独运中成为别具特色的乡村酒店，蓝汪汪的泳池像天空的镜子掉落在半山腰。白云袅袅，羌族女儿手捧着哈达在风中笑了。

羌歌像宕昌河一样川流不息，羌舞像天上的云彩般轻盈，青稞酿成的美酒献给山神和水神。土豆做成糌粑，玉米和辣椒挂在檐下，风中站着等待儿女们还乡的白发阿妈。

群山环抱着一谷美梦

山背的云飘不上山巅，羌人的碉楼隐匿在罗湾。

你这古老的高山净土哟，你这幽静的避世桃源。

听说在这里，许多人一生下不了几回山。

听说在这里，想看看太阳的模样，得等到日上三竿。

每天都喝咂杆酒的男人，全靠缸中的薄酒御寒。

祖辈们侍弄几弯弯薄田，一家人也还是粮少衣单。

碉楼里的女子，一支口弦，四季满含着无奈和幽怨。

上千年时间哟，唯有日落才带来辉煌，贫苦单调的日子往复循环……

古老的碉楼不再有人住，山背的云仍然缠着山。

什么时候，你有了新的名字，谁把你唤作山湾梦谷，谁让你旧貌换新颜？

谁把云彩折叠成洁白的哈达，谁用海棠花洇染出羌红的鲜艳？

谁修通上山的公路，谁让乡亲们走出大山的美梦得圆？

谁把亲人们千里万里的思念，串起在看不见摸不着的网线，谁又把星星摘下来系上路灯杆？

谁给梦想插上了翅膀，谁又把乡愁留在老屋里面？

飞梦阁、鸿梦宅、圆梦庭和逸梦轩，谁要是在这里住上一晚，谁就是梦的主人,所有的美梦都能够实现。

东边是东山,南面是大山,黄崖和大崖手挽手,月光的碎银铺满了将军山……

群山环抱着一谷美梦,期待乡亲们脱贫致富谱新篇。

热爱美食是生活的一种修行

味觉优于常人的重庆人叶东,头一回用这里的山泉水做泡菜,就尝出比在重庆吃到的更为鲜香的味道。他还发现,原来这大山深处所产的花椒和辣椒,同样可以做出美味的小面伴侣,地道的重庆火锅底料,也完全可以就地取材。

叶东是个忠于友谊心怀大爱的人,他伴随好朋友邱本良从巴山蜀水间一路走来,因为深知创业者的劳累和艰辛,他试图以家乡的美食美味给亲如兄弟的好朋友犒劳和安慰,这样不管他们在哪里,就都能找到家的感觉。

自古陇南多川味。叶东高兴地在山大沟深的穷乡僻壤印证了这句老话的正确性。他用当地所产的花椒、辣椒、党参、黄芪等土产和药材,用自己特级厨师的精到手艺,开发制作出"山湾梦谷"牌火锅底料。游客们来这里,除了品尝陇南特色美食,还可以吃地道重庆火锅。

美食是上天赐予人类的礼物，高水平的厨师会给美食注入丰富的情感和爱心，这就使得美食的意义不只是让生活有滋有味，重要的是通过美食，能否再次找到我们内心深处简单纯朴的幸福感。

当叶东给自己亲手制作的小面伴侣命名"面魂"，大家就都知道了，这个曾经在二十出头的年纪就获得全国特级厨师称号的美食家，已经在生活的修行中，让美食的意义得到了精神上的升华。

于是才会有感恩节上为援鄂抗疫英雄敬献的丰盛的感恩宴，才会有满含着对这片土地深深热爱的"山湾梦谷"牌火锅底料。厨师们现场表演罐罐油茶和火锅底料的制作，美食的香气氤氲透骨，像温柔的爱将山谷包围。

梅朵的爱情融化了岷山的雪

你的爱是青稞的种子，美丽的梅朵姑娘，天涯海角，心心念念要回到岷山深处自己的家乡。

教给你知识的老师把生命定格在小学校，善良的梅朵姑娘，不忍心渴望知识的孩子们被折断试飞的翅膀。

那年装载青春理想的包裹，今天换成回乡支教的行囊。勇敢的梅朵姑娘，把沉甸甸的现实一个人扛在肩上。

归乡的路，从来没有这么漫长，不是思乡的心不够急切，牵绊脚步的，是心上人挽留的目光。还有和谐号的汽笛，在梅朵和男朋友阳光听来，每一声都叫人断肠。

可是亲爱的！请你理解，也请你原谅。这世上，没有几个人不爱自己的家乡，虽然贫瘠，虽然苦寒，可那是生长青稞的地方。多情的梅朵姑娘，忍住不回头，不让阳光看到自己挂满泪珠的面庞。

爱情是爱着一个人，也热爱这个人所在的地方；爱情是爱着一个人，也是为爱着的这个人着想。纯朴的梅朵姑娘，她不知道，千里之外赶往岷山脚下宕昌河边的，是自己的心上人阳光。

那天的老山村格外热闹，乡亲们在村支书的带领下，忙着为新校舍筑墙。认真的梅朵姑娘，一个字、一个字地教孩子们怎样记住可爱的家乡。

小鸟飞离草丛，露珠从花瓣上滚落，小黑板挂在树上。是谁在不远处凝望梅朵姑娘？是什么让梅朵心如鹿撞？醒里梦里忘不掉的人啊，他就这么微笑着站在高高的山岗。

从此他不仅是梅朵一个人的阳光，他还是阿爸和高原上父老乡亲的阳光。他带着全新的理念，他来帮梅朵一起建设家乡。他要和梅朵投身到具有划时代意义的精准扶贫事业中，陪自己深爱的人一起见证山村的华丽蝶变，创造让穷山沟变身高端民宿打卡地的奇幻篇章。

梅朵这岷山养育的好姑娘,她把爱的种子撒播到山梁上。青稞的烈酒一点即燃,红火焰是干劲和热情,蓝火焰是新的理想跟希望。岷山的积雪开始融化,岷江的水越发浩浩汤汤。

来,我们一起回味过去的柔软时光

怀旧是人类最后的减压方式。

记不清这句话是谁说过的了,但说得真好!

人类的本性是喜新厌旧,然却备受图新不得弃旧不能的煎熬。尤其在当今快节奏的生活面前,人人都有"活着很累"的疲惫感。

拿什么拯救我们日渐萎缩的心灵?有人发现怀旧是一剂良方。

常常有唤醒从前美好记忆的老物件,能让人瞬间走进幽微的心灵隧道,暂时忘却眼下的烦恼。不论城市还是乡村,哪里能让人的心获得宁静,哪里就一定有承载过人类美好情感的物品,是它们让人联想起曾经的柔软时光。

脱胎于海拔两千米处山背罗湾村的山湾梦谷,如今和过去大不一样。原始村落与现代设计的完美结合,呈现了设计者喜新而不厌旧的匠心所在。

木门板吱吱呀呀说往事,旧光阴沉默于土坯墙。太阳能点亮旧马灯，空调房弥漫罐罐茶的清香。

一对油漆斑驳的红色小木箱，心形锁扣沉默不语，当年的钥匙不知去向。可一看到它，谁都会想到木箱曾经的主人，必定是久远的唢呐声中那个低着头的新嫁娘。

油盐罐跟小纺锤藏猫猫，小马扎紧靠长条桌。羌族姑娘拎过的圆竹篮，似乎还留着女儿家的纯真和芬芳。

节能灯住进了蝈蝈笼，道林纸糊上木格窗。树根的木勺，如今已不再用来舀水，它干裂着皮肤，满面沧桑。

玻璃屋顶的阳光房，阿妈煮饭的锅台依旧，阿爸扛过的犁高悬在房梁。墙上旧照片里的一家人，此时在扶贫车间各自守着岗位，搬家那天开心的笑，仿佛还在屋子里荡漾。

山神衣领上的勋章

夜晚降临，灯火与星光赐予山湾梦谷白天所没有的温馨和浪漫。

檐下的红灯笼温柔地拒绝越来越收紧的黑，比起室内咄咄逼人的雪亮节能灯，它的光徐缓而温存，仿佛小提琴上奏着的摇篮曲，有发自内心的亲切祝福。

星星们是一群调皮的孩子，好不容易盼得太阳落了山，心急火燎结伴往外跑。天幕还是模糊的暗蓝那一阵，这些孩子带着羞怯躲躲藏藏，忽闪忽闪准备继续前夜里没有玩够的捉迷藏的游戏。

　　天完全黑了下来，高耸的东山紧贴天空的额头，夜的黑浓稠到用手能掬起来。一些胆大的星星从孩子群中溜出来了，这些孩子手拉手，笑着闹着朝同一方向跑，一直跑到南山腰，呼啦啦钻进人家的窗户，去催促山腰上数十户村民："天黑了——点灯哟！"

　　当民居的窗户在半山腰次第透出光亮，调皮的星星们飞奔而去，跑到更高更远的天幕的一角，一边窃窃私语，一边欣赏山腰的美景。

　　跟着星星的目光，你猜会看到什么？

　　陪我们参观采访的小唐，说那半山腰人家的灯光，远远看上去就像女人脖子上挂着的项链，遗憾的是，项链一侧掉落过几粒夜明珠，还不够圆满。

　　说得不错呢。那人家的灯光，黑夜中串成一串半环，一侧的住户少，灯光稀落些，却并不妨碍关于项链的精妙譬喻。

　　可要在我，倒很乐意给它另外一个比喻：山神衣领上的勋章。

　　我喜欢山湾梦谷独有的一股英雄气。无论是这里坚忍勤勉的原住民，还是怀抱梦想的开发者，甚至慕名前来的观光客，若少了点英雄的情怀，也断不能在这深度贫困的高山深谷中驻守停留，更无缘亲眼见证大山深处脱贫攻坚的壮举。

　　勋章是山神给所有在这里奉献过的人准备的礼物。

弄堂里的人生

"站在一个制高点看上海，上海的弄堂是壮观的景象。"王安忆在《长恨歌》的开篇是这样定义上海的弄堂的，她还说：上海的弄堂是暗的，像深渊一样，扔一座山下去，也悄无声息地沉了底。

随着王安忆文字所指的方向，我们看到王琦瑶的背影，在上海的弄堂里忽隐忽现。十六岁那年的背影，映在一方小门户里，孤单而窈窕。"四季调"是有声的背景，唯每调的第三句里有一声不平，也不过是王琦瑶倚门无奈的叹息，不见得就让谁给听见了。

王琦瑶出进了十几年的弄堂，忽一日变得又窄又小，它盛不下王琦瑶青春勃发的骄傲。她的美照亮着年轻的生命，她需要友谊和爱情。吴佩珍、蒋丽莉、程先生先后走进了她的生活，都是慢节奏的，有板有眼的交往。王琦瑶以她十六岁的可人和聪明赢得了同性的友谊，也赢得了程先生一辈子的爱。

生活过得像梦一般的王琦瑶，在梦中登上了"上海小姐"的宝座，命运将她带到另一条弄堂里，一条比少女时代更为狭窄的弄堂，蚁穴似的。虽说缺少的是自由，却有着此前从未有过的快乐，即便是以寂寞做养料的快乐，也是王琦瑶从来不曾想象过的。在这罂粟花一般邪魅的弄堂里，王琦瑶开始慢慢地忘记自己的亲人，以及朋友和初恋。她将一把青春像赌注一样押在"爱丽丝"公寓里，押在欢喜与寂寞成双成对的墓穴中。

十九岁的"上海小姐"王琦瑶，带着天生的清纯美丽，带着未知的宿命安排，自觉自愿地住进一个男人的囚笼中。她常常患得患失，常常悲喜交加，以为牺牲就一定能够换来回报。然而时代在一刻不停地前进，她所处的是一个"云水激荡"的时代，一切都没有定数，根本谈不上安然。王琦瑶在一日紧似一日的动荡不安中，终于永远地失去那个给了她一时荣华的男人。

男人也不是完全没有责任和良知，他给了王琦瑶后半生物质上的保证，也让王琦瑶得以将美和虚荣继续，让她得以走过邬桥，在伤心泪似的邬桥水中暂洗铅华，找回年少时的自己。王琦瑶是旧上海的标签，在邬桥，她曾经牵动过一个少年的情思。王琦瑶是善良的，她不曾将少年的梦粉碎，而是互勉着，彼此又重新回到了现实。

"上海小姐"的归宿终归是在上海的，王琦瑶不能忘记的是上海的弄堂。那是她的出生地，是她的成长地，更是她生命中无法舍弃的繁华地。即便邬桥的日子如此安宁，王琦瑶的心还是牵系在那里，她愿意再次去那儿的弄堂，就算是一个夹缝，可以挤出人的灵魂，她也还是留恋的。

　　年轻的王琦瑶怀抱残缺的上海梦，怀抱那只精美的雕花木盒，在上海的平安里开始自食其力。时代不同了，周遭的人却还是像原先一样生活着，生老病死，无处逃躲。只要还活着，生计总是最重要的。寂寞的王琦瑶为了活着而活着，常常忘记了自己的苦痛和寂寞。

　　平安里的生活，王琦瑶看上去似乎是淡泊和安宁的，有点阅尽繁华后的心如死灰。其实王琦瑶的内心，不知有多少滚沸的热泪，一遍遍濯洗那旧日的记忆。是严家师母重新唤起了她作为女人的一颗心，一颗爱美又好胜的心，一颗被打散之后重新黏合而变得更为聪敏的机心。严家师母带给王琦瑶的，不光是一份供彼此怀旧的友情，还有一个同样生活在夹缝中的男人——康明逊。

　　偏偏王琦瑶就像初恋一般爱上了康明逊。两人的交往跟《倾城之恋》中的男女主人公有点相似，从无心的初识，到必然的相熟，再到有意的试探，最后爱到不想分离。所不同的是，《倾城之恋》中的爱最终是有结果的，王琦瑶与康明逊的爱，却是一份渺茫无望的爱。貌似潇洒不羁的康明逊，身为庶出，却是旧家庭里唯一的男孩子。他的命运同样是不能由着自己做主的，他从少年时便在心里种下了阴影的种子，他深味夹缝中求生存的艰难。于是他只为自己而活，他缺少了作为男人的勇敢和责任。

王琦瑶是注定了的悲剧，她的爱是真的，也是胜过康明逊的，但注定无处安放。她和他的爱的副产品——一个尚在腹中的小生命，成了他们之间继续交往的障碍。颇有心计的她试着利用朋友萨沙，想把这无辜的孩子赖在萨沙身上，却没想到萨沙是比她更有心机的，也比她有着更不堪的命运。于是她放弃了对萨沙的欺骗和利用，用自己那颗在弄堂里挤得有些变形的心，用与生俱来的母性接受了女儿的出生。

　　仿佛是新生命在上一世的轮回中就带着新的机缘，未出世的女儿牵着王琦瑶，在上海的大街上与当年成就了"上海小姐"的程先生相遇。王琦瑶已经不是当年的王琦瑶，程先生却还是当年的程先生，他对王琦瑶的爱始终未变。

　　随着女儿的出生，王琦瑶几乎要对程先生有所动心了，可是程先生到底不是她的最爱。康明逊总是没有彻底走出她的生活，女儿成了若有若无的纽带。程先生在现实中看到自己尴尬的影子，他非常知趣地退出了王琦瑶的生活。而一个更为疯狂的时代来临，程先生在扭曲的人性面前做了生命的逃兵，在"文革"的山雨欲来之际选择了自杀。他是头一个在生活的夹缝中被挤碎了生存意志的人。

　　红旗下的新时代，培养了王琦瑶女儿这一代人。王琦瑶在岁月的风尘中日渐老去，她倒也不伤感。她虽然并不被女儿看重，可她是生活在上海旧梦中的人,她自有年轻一代无法匹敌的魅力。

旧的繁华才刚逝去,有多少人的心里还存着对那繁华的记忆?有多少未曾经过那繁华的新人,又对着传说中旧上海的魅影痴痴迷恋?王琦瑶女儿的同龄人中,却不乏那做着旧梦的新人。

然而,去哪儿找那昔日的繁华与风情呢?依旧是弄堂出身的"老克腊",二十六岁的"老克腊",在非常不恰当的怀旧的岁月里遇见了当年的"上海小姐"王琦瑶,是她唤醒了他心中对旧上海的痴恋,也是她圆了他想要找回旧上海的梦。

畸恋的结果,是梦醒之后的惆怅。王琦瑶的梦尚未做完,她的年轻的爱恋者却早已从梦中醒来。王琦瑶的心再次被激活以后又遭到重创,那些发生在上海弄堂里的见不得人的事情,终归是要消失在阳光下。可是距离太阳出来还有那么一小段时间,正是阴阳交替的时候。王琦瑶在长夜中等待命运的转机,等待她的恋人回头。

可那年轻的爱恋者,却已经把王琦瑶给他的特权——能随时打开她房门的钥匙——转交他的朋友让归还给王琦瑶。仍然是阴差阳错,朋友又托了朋友——"长脚"——一个硬是用脊梁与生存夹缝较量的年轻人,手脚粗大的年轻人,有一颗同样在弄堂和阁楼上被挤压变形的年轻的心,却把主意打到王琦瑶这儿来了。他轻车熟路地找到王琦瑶用半生守护的桃木盒子,盒子里有王琦瑶半生未曾花完的金条,就为这,王琦瑶命丧"长脚"之手。碧落黄泉,此恨悠悠。

"在新楼林立之间,这些老弄堂真像一艘沉船,海水退去,露出残骸。"《长恨歌》一曲终了,从弄堂又回到弄堂,似乎一切都没有改变。明天的太阳会照常升起,照亮弄堂,那里依然多的是继续经历生老病死的人们。

陇南年味儿

陇南人的年味儿，是从一碗香香糯糯的腊八粥飘出来的。

腊八粥要早做早吃。大米淘洗干净备用，红、白萝卜切成细丁，油炸豆腐块也切丁。锅内放油，大火烧热，先将淘洗过的大米放入锅内翻炒，加入盐、花椒面等调和。待米的颜色稍稍发黄，加水，加入切好的萝卜、豆腐丁，大火煮开，小火慢熬。约莫一小时，一大锅腊八粥就做成了。

除了一家人热热火火吃，最主要是分送左邻右舍，同时喂给家禽家畜、果树花树。谁家的腊八粥送来得早，说明谁家的主妇勤快。端一碗腊八粥进了邻居家门，邻居赶紧双手接住粥碗，一边夸赞一边倒进自家碗盆中，也不用洗碗，直接盛上自家的腊八粥送还，表示有来有往。

以腊八粥饲畜禽和院内果树，是一项古老的民俗。家里的主妇来到鸡鸭棚前，给食槽中拨拉一勺粥，边看鸡鸭们抢食边念念有词："红嘴鸭，吃腊八，开春抱窝胖鸭娃；腊八粥，喂鸡婆，鸡婆长成大白鹅。"再到果树前，给树根上撒点腊八粥，这样说："桃子桃子吃腊八，树树结果繁疙瘩；喂你李子吃一口，明年给我结一斗。"

老人们说，腊八粥，糊涂粥，吃了就糊里糊涂过年。

果然就稀里糊涂到了腊月二十三，北方过小年的日子。这一天家家户户最重要的一件事，就是祭灶，俗称送灶，即恭送灶神回天宫。

请一张灶神像回来，张贴在灶台后面的墙上。也有家里备了神龛的人家，就请一尊灶神塑像，安放神龛中，逢每月初一、十五，与家中所供诸神一起敬拜。

送灶神要先蒸"灶干粮"，就是用心蒸一锅醪糟酵子的发面馒头。馒头揭锅，拣模样好看的盛盘，与灶糖、黄表纸折的纸马及几根麦秸秆做的草料一起供在锅台上，点上香烛，由一家之主跪在灶前说："大富大贵的灶王爷，今日你要回天上，请你多吃甜灶糖，玉皇爷面前多把好话讲，三十接你回家来，给我一家人降吉祥。"

一觉醒来，日子到了腊月二十四，从这天到大年三十，家家扫霉、跟年集、杀猪、煮肉、炼臊子、做豆腐、蒸馍、敬家神、迎灶神、贴春联、祭祖先……不管平常日子过得怎么样，年节跟前家家的掌柜心里都憋着一股劲，好赖要给女人孩子营造些过年的气氛，所谓"穷年富过"，即是家乡人对过年的格外看重。冷冻寒天里连续几日的劳作，忙碌辛苦着，也舒坦快乐着，感觉春天已经在不远处等着大家，人人心里热腾腾揣着一份对新春的企盼。

年夜饭的香味儿满溢街坊里巷，四散乡野村墟，远行人闻香归来，就在自家的屋门前抖落身上的疲惫和雪花，一家人团坐炉火旁，吃一年当中最盼望吃到的团圆饭。这顿饭包含着全家人对过去一年的怀恋，也承载着对新年新日子的寄望和托付。无论是解忧散烦的宽心面，还是配馍下饭的丰盛菜肴，主妇们在这顿饭上是着实花了功夫和心思的，家人们也一定要吃个盘光碗净，其实就为着家庭成员间互敬互爱的那份和睦。

　　饭后守夜，依然围火而坐，各色的小吃食端上来，孩子们雀跃在屋里屋外，手持点燃的香放烟花爆竹，噼里啪啦的响声使得认真看电视的大人们有时连春晚节目主持人说了些什么都没有听清楚，但也不影响看电视人的心情。夜里10点以后，孩子们熬不住，困得东倒西歪睡过去，屋里这才安静下来。春晚进入跨年倒计时，家里的主妇丢下看得正欢的节目，洗手焚香去厨房迎灶神。这回给灶神的供品可比送灶时候丰盛多了，举凡腊月节煎炒烹炸的一应美食，连同备了正月里招待客人的糖果瓜子、本地特产尽皆献给灶神，行三叩九拜的大礼，仪式和规程与年夜饭时在中堂前祭拜祖先差不多。

　　午夜时分，睡得稀里糊涂的孩子们被大人摇醒，赶到屋外去放炮迎新，一时间，窗外烟花缤纷，耳畔炮声震天，人人心里松了一口气，终于把新年盼来了。就在那一刻，年味儿已不仅仅只存在于人的嗅觉和味觉上，感觉满心满眼有盛放不下的欢欣和喜悦，瞧瞧门楣上鲜艳的春联，那些吉祥祝福的话语，有如春风吹桃花开，欣欣然别有一番气象。

　　年三十晚睡，大年初一还必得早起，老人们说，会过日子的人一年到头都是勤快的。传说正月初一谁家的门先打开，财神就先进谁家屋里去，并且说谁家媳妇能早早挑来一担水，这家人在新年里更是发财有望。这些古老的传说沿袭至今，大多已经只是嘴头上说说罢了，家家的自来水龙头都接到了锅台上，无论城里还是乡里，再也看不见挑着扁担袅娜行走的年轻媳妇了。然而早起的习惯却一直保留着，在陇南人看来，凡事就赶一个早字："早过河早脚干；早晨起得早，八十不觉老；早起的鸟儿有虫吃……"总之，无非就想在新年的第一天给好日子开个好头。

　　正月初一还是老人们给孩子压岁钱的重要日子，穿戴一新的孩子们在初一这天聚齐了给爷爷奶奶爸爸妈妈磕头拜年，喊到哪个长辈就给哪个长辈磕头，一溜烟磕下来，孩子们手里的红包都快要拿不住了。老人们笑眯眯看着孙儿们聚一起头抵头数各自手里新崭崭的压岁钱，不由得就想起自己的少年时光，虽然没有孩子们现在这么好的物质条件，但过年的高兴劲却是一样的。

　　初一也是一家老小吃喝玩乐最开心最放松的一天，人人可以光吃不做。坐着吃，躺着吃，边玩边吃，即便走路也能顺手拿到可口的吃食，仿佛这年节就是为了满足每一个人的味蕾，是为了辛苦忙碌一年的人在最大限度上一享口福，因为接下来就要投入到热热闹闹的拜年活动中去了。陇南人正月里拜年走亲访友，得尽力在大年初五之前完成，感觉这几日是年味儿最浓郁的时节，若晚了，就有不看重亲友之嫌。

拜年的喜庆和热闹中，常有礼县、西和籍春官游走于邻县给各家各户送春帖，送历头。春官们这样说唱："大红的褥子铺红毡，扎花枕头尖对尖，今年把你说发财，明年说春我再来……"拖腔拖调的告白，婉转浑厚的宣唱，说尽天底下吉祥祝福的话语。一下子，这年就有了些别样的韵味，暖暖的、遥遥的，似乎人人都触摸到些许春天的气息。

大年初五是我家乡年节的分水岭，所有年节的禁忌过了这一天就全部解禁，用我家乡话说就是"从此百事不忌，日子大吉大利"。紧接着趁初六这个六六大顺的日子，各家把些喜庆的事情就定在这天，相亲、订婚、店铺开张，都可以不请阴阳先生择日，单趁这个好日子。

人们很快投入到日常的生产生活中去，年味儿貌似淡了下去。实际上并不是真的淡，算是暂时告一段落。只消听听四邻八乡喧天的锣鼓响，人人都知道，社火队的排练已经开始了，这是给元宵节做准备呢，到时候深情款款的四季调一唱起来，一准把春天在每个人的心头唱活。

趣话成县方言

天刚麻麻黑,张三出门遇见李四,李四问张三:"组撒起价?"张三说:"不组撒!"李四又问:"不组撒你要组撒起价?"张三说:"真的不组撒!"李四还问:"你到底组撒起价撒?"张三被问急了,大声说:"组撒哩撒?问我着组不组撒!"

地道成县人听到或看到这段对话,百分百在会心一笑之后,还不得不承认:人家都说成县人太实在,这就是活生生的例子!本来是问候关心对方闲聊几句,却都能聊到不把对方问个眉眼出来不罢休的程度。

成县地处西秦岭余脉,属甘肃省南部地区。俗话说,一方水土养一方人,同样,一方人就会有一个区域的方言。成县方言属于北方语系内的地方方言,语言朴实生动,发音响亮瓷实,有西北人特有的粗犷豪迈之气。上面那个张三李四的对话,大部分西北人应该都能读得懂,大致意思是说,李四询问张三要干啥去。成县话把"做啥"读作"组撒",只要懂这个,这几句对话就立马明白无误。看懂的同时,也会把人逗笑，怎么能如此穷根究底地问一个人出门的意图，这在当今社交场合，几乎可以说是一个忌讳，绝不会有人这样子去讨人嫌。至于句末的那个"价"字，在成县方言中是运用较多的一个语气助词，有时候也用在一句话的中间。

看这段对话貌似比较容易理解，但要是现场听成县人说那就不一定全能听得懂了，因为成县人说方言还有个语速较快的特点。据说两个成县人在街上偶遇，因为好久没见，为了表示亲热，常常会一边紧紧握手一边大声问候："我 nia nia（娘或者妈妈的意思，常用来表示感叹和惊叹），日子长得很了没见你老（了），我还当把你给死老（了）！"接着你来我往叽里呱啦一通热烈表达。如果近旁有外地人，多半会以为这俩人在吵架。

成县人以方言的粗犷表达自嘲，编出来韩国人和成县人打雪仗的段子——韩国人打雪仗，听到都是女生的尖叫："啊！思密达！好美的雪！欧巴！"而成县人会这样嘶喊："等着！你给我等着！你这个瞎（坏）怂还敢偷袭我，看我非弄死你个碎（小）办（摔）死的！不准跑！你再跑哈试试……"哈哈，网友说成县人是在用生命打雪仗。

关于成县方言最有趣流传也最广的一个句子是："你尿尿尿尿尿？"一般语文老师在讲到名词动用，需要举例说明的时候，这就是个最好的例句。"尿"本来是一个名词，但在这儿却要被三次用作动词，分别是第一、第四和第五个"尿"字。平常说"尿尿"，谁都知道第一个做动词，第二个是名词。现在五个字连在一起，就有了成县方言最能逗乐子的特点。"尿尿尿尿尿"——第一个肯定是动词，第二个和第三个就都是名词了，并且是一个叠词，第三个"尿"字的发音被弱化，从四声变换为一声，也即从仄声变平声，但意思不变。第四个和第五个却都是动词，只要给这两个字中间加一个"不"字，意思立刻就非常明白，即"尿不尿？"。全句就是很简单地问你要不要撒尿，却让方言把同一个字连起来一气呵成，说出来别有一番情趣。

关于成县方言的叠字叠词，有人评价说是萌萌哒，很俏皮。比如给工具名称后面带一个"子"字，一下子这个词或者工具就变得小巧可爱：刀刀子、洞洞子、柜柜子、绳绳子、带带子、棍棍子、铲铲子、碗碗子、匣匣子、豆豆子等不一而足。说着轻巧，听来活泼，显示出成县方言较为精致的一面，也含有成县人对待生活的一份淳朴和笃爱。

随着普通话的普及，身边说土得掉渣的成县方言的人明显少了，只不过很多成县人的普通话中明显带有方言的吐字和发音。说是一个人遇到个朋友教训他："你俫捏獘人大老，碰上皮nian（脸）一转装哈呆认不滴人，设话还给我扁言子哩。"这个人辩解说："再莫亏我的人老，我撒时候给你扁言子哩？昨天不是在中国移动的门上还给你打过招呼来！"朋友说："外将将你设的撒？夜来个就夜来个还设昨天，中乖就中乖还设中国……"

这俩人的方言中，一个很地道，一个就已经夹杂有少量普通话的发音。这个对话的意思是：朋友责怪自己傲慢，见面不肯跟人打招呼，说起话来还不用地道的成县话。说"你伀"，这在成县方言里是给对方的昵称，表示关系亲近；"人大老"指对方自高自大，"老"是"了"的发音；"皮脸"就是脸面，"脸"在成县方言中发"nian"的音；"设话"就是说话，把"说"发音为"设"，是成县方言中至今应用极为广泛的一个字眼；"扁言子"是指没有用地道方言表达，成县人笑话一个人说话语气、语调与平时不同就叫"扁言子"；"外将将"意思就是"那刚才"，"夜来个"意即"昨天"，"中乖"的"乖"字是"国"字在成县方言中的发音。这样一注解，大家应该很明白这俩人对话的意思了吧。

成县方言中还有许多来自生活中的谚语，具有讽喻意义的如：米面的夫妻，酒肉的朋友；老挖（鸦）笑猪黑，其实一样黑；鬼跳三遍没人理，话说三遍淡如水。有关农事的：地是刮金板，人勤地不懒；人哄地一时，地哄人一年；夏天图乘凉，秋里挣断肠；伏天勤除草，秋后吃个饱。表达对爱情的忠贞，成县方言会这么说：要我不爱你，除非牛长上牙马长guo（角），坝里的石头滚上坡——还真有点《上邪》里那几句誓言的味道。比喻人不善于说话并不代表傻，成县方言又这样说：刺柴没哈（坏）的，哑巴没瓜的。

成县人自己总结出来的歇后语也是别有风味：喝了凉水舔碗哩——学着学着撑眼（不入眼）哩；老虎吃天爷哩——没处下爪；狗看星宿——阔擦（亮晶晶）明；老鼠钻风匣——两头受气；山西的骡子学驴叫唤——南腔北调。

丰富多彩又含义隽永的成县方言，是生活在这片土地上的成县人千百年来聪明智慧的结晶。近年来，随着方言进入非物质文化遗产名录，保护和传承地方方言得到了重视，一部分90后、00后的年轻人尝试用成县方言创作紧跟时代结合现实的歌曲。成县生活网曾经推出过一首名为《战书》的方言版歌曲，这首歌的歌词有一部分用夹杂着成县方言的普通话，表达了成县人战胜新冠病毒的信心和决心。歌里这么唱：我在成县我是个陇南人，我在陇南坚守甘肃的城门，我在甘肃我有个中乖（国）魂，我在中乖（国）我们都众志成城，我几（我们）是铁打的成县人都铁打的狠，我几（我们）的关爱是箭，我几（我们）的坚持是稳，你敢打我的算盘我就敢接你的梗，把病魔的头朳（摁）着地上往死里整……

虽然与地道的成县方言对比，这首歌词已经算是比较洋气的了，但曲子和唱腔里充满成县人的硬气和豪气，个别字眼的方言发音自带的温度和力度，都决定这是一首鼓舞过全城人民士气的好歌。这也可说是成县方言在此次防疫抗疫大战中的一点实际功用，开掘和应用它的作者更值得学习和赞赏。

散　步

晚饭后的时光，难得儿子愿意陪我出去散步。

我们出南大街，过南河桥，不能决定是上南山溜达还是逆南河而上。俩人商议后，认为天气热，上山颇吃力，不如逛河堤。

于是我们经县矿管办家属院门口一路朝西而去。我告诉儿子，当年我们就在矿管办的家属楼上住过，一单元一楼。我问他可还记得。十四岁的少年有点歉疚地摇摇头，说他不记得了。我故意做惋惜状。

突然儿子问："那时我多大？"

我告诉他，刚刚一岁。

小家伙一下释然，说那就不怪他，因为小，自然记不得喽。

可是我偏要逗他，我说："还是妈妈记性好，我甚至记得自己出生后第二天的事情呢。记得我被你外婆生下后，睡觉时眼睛微微张开，都说我是兔子睡觉呢。"

儿子斜睨着我，看我假装认真的样子，居然也颇为认真地说："妈妈，我哪敢跟您比呢，我就是那条只有七秒记忆的小鱼。"

然后他给我讲了个简短的鱼的故事：小鱼问鱼妈妈："为什么我们鱼类的记忆只有七秒？"鱼妈妈因为忙，没有及时回答小鱼。过了一会儿，鱼妈妈问小鱼："你刚才问我什么来着？"小鱼难为情地回答妈妈："我已经忘了刚才问您的问题了。"

我带着这条小鱼漫步在河堤。盛夏的傍晚，凉风顺河而下，带来庄稼和路边野草的香气。堤岸上有些高大的北京杨，是我小时候常见的，树干有水桶那么粗，树皮糙裂，然枝叶茂盛。晚归的鸟儿栖于其间，叽喳低语。

有孩子在身边，我只觉这晚的河风也好，杨树也好，庄稼自不用说，已初露秋的丰饶。

有我在身边，孩子却并不觉得有多美好。他已经在手机上打开酷我音乐，跟汪峰学唱《像梦一样自由》。已经过了变声期的嗓音，略有点沙哑，听上去蛮有些男子汉的感觉。

我看着陶醉在音乐中的儿子，不由得就想起当年我们十几岁的时候，每逢周末就要约上几个同学出去游玩。每次总有人带着家里的录音机，几盘最流行的磁带。哪怕是在鸡峰山的林海深处，我们依然听的是齐秦的《花祭》和《狼》，很少在乎松风竹韵，更不用说错过几多天籁之音。

现在儿子像我当年一般大，他一点不在乎夏夜南河边的自然景色，只管通过喜欢的歌曲抒发青春期多变的心情。

本来我很想提醒他,我刚刚听到了今年的第一声蝉鸣,可终究还是忍住了。我知道在一个少年的心里,常常有一些东西,比季节之交替更能让他感动,也更能让他给自己的青春留下一个深深的烙印。

扶贫工作笔记

一

2018年4月26日,响应县委宣传部号召,我们组织了近二十人的队伍,开始第一次"助推精准扶贫——文学组采风活动"。今天的目的地是成县南部乡镇镡河乡,这是一个风景优美的山区小镇,滔滔犀牛江流经之地,也是进川入陕的古渡口。

八年前,我曾经来过一趟镡河,那次是初春时节,别处还都是灰扑扑的景象,在这深山里,迎春花和桃花却已经开得一片灿烂。原来全县海拔最低的地方就在镡河乡境内,虽是山区,这儿的春天却来得格外早些。那是我第一次来到这个美丽的地方,也是冬天之后初次见到盛放的鲜花,欣喜自不必说。办完差事,归途中还在手机上填了一阕《念奴娇》,起句是"山间春早",结句不无羡慕地表达了自己的心情:"东君偏睐此地!"

当时有个同事说"山间春早"不太合适,岂不闻古人有"人间四月芳菲尽,山寺桃花始盛开"之句,何处的山间会有早春呢?这会让读者起疑心的。我虽然觉得人家说得有些道理,但依然执拗地坚持了自己的意见。

这回重来,已经是春夏之交,沿途的山崖上遍开着雪白的野刺玫,蜂舞蝶绕,花香扑鼻。槐花儿已经开始萎谢,略显得枯黄,但还极不甘心地挂在枝头。没有人来采摘,它们满脸都是失望。一座连着一座的大山,浓绿苍翠,山们手挽手,稳稳当当横亘绵延,我在车里看山,竟感觉到一种挤压和逼迫。新修的水泥路迂回平坦,并不颠簸,然而我整个人却有些晕。我是不晕车的,这个晕绝对是为大山而倾倒。这儿的山让我们忽然心潮激荡,同行的文友有才思敏捷者,竟已写出来短小的诗篇发到朋友圈。

坐落在大山深处的村庄,民居的建筑风格几近相同,每个村庄都有颇为雅致的文化广场,陈设着一些休闲娱乐和健身的器材。可惜的是这些器材暂时都是闲置的,使用它们的人实在太少,几乎成了观光者眼中的人造风景。村子里的青壮年都去山外边打工了,不出去就意味着没钱花,承包地所产倒是能够解决温饱,可一家老小需要花钱的地方实在多。老人和孩子,或者仅仅是老人们留在家里,留在村庄的四季当中,寂寞地守望大山,也守望去山外面挣钱的亲人。

有一些特殊原因没有外出的有劳力的人家,慢慢开始重视产业发展。在政策扶持下,学习科学养殖与种植。主要以养鸡养蜂种植花椒为主，可说是因地制宜，也是老话所说的靠山吃山，不过眼光和技术都是现代化的。土鸡、土鸡蛋、土蜂蜜作为新的山珍，备受消费者的青睐。花椒市场的大量需求，让这儿的几家花椒种植户信心大增，村干部和农户带我们参观规模化种植的花椒树，介绍起来颇为满意和自豪，神情中充满无限期待。

最后一站，我们走访的是镡河乡老庄村。毫无例外，这仍然是一个安静美丽的小山村，通村公路、通户道路、无线电视、自来水、太阳能热水器等基础设施齐备。文化广场甚至比别处村庄的还要宽敞气派，设计者别具匠心，很好地利用了广场周围的古树溪流，保存了这块空地早期的穴位和风水，整个广场看上去古朴优雅，静谧不俗。我们在这儿拉开红色条幅集体合影，给今天的采风活动作一小结，镜头中的文友们个个神清气爽，用他们的话说，今天是来这儿洗肺的，这是在城里永远见不到的天然氧吧。

村里的教学点设在漂亮的文化广场一角，广场边上有两棵古树，千年银杏和百年紫荆。一脉清流穿过枝繁叶茂的树下，偶有细碎的花瓣儿飘落，春天快要过去了。

老庄村年轻的乡村女教师，独自在教学点上带着四个年龄不等的孩子，复式班。最小的四岁多，最大的十岁，其中两个孩子是同一家的，父亲在外打工，小点的孩子说，他妈妈不知道去哪儿了，是奶奶在照顾他们的生活。

了解到女教师与我侄女同名同姓，年龄也相仿，一下子就感觉很亲切。我们一起聊了会儿天，知道她是艺术系毕业生，刚刚招考到这儿来任教，人也生得文静甜美。我问她有没有男朋友，她羞涩地看看我，没有回答。吃饭的时候，我自作主张把小姑娘带去附近的农家乐，让她与我们同桌吃饭热闹一会儿。这小姑娘也真是懂事，桌边坐了一小会儿，就很有眼色地去灶间帮忙，后来又给我们往桌上端菜，看来她在这儿人缘不错。

　　回去的路上，同事告诉我，小姑娘已经是开农家乐那家人的准儿媳了。我这才明白，难怪我问她有无男朋友，她不肯说；拉她一起去吃饭，推辞半天才答应；去了又像是半个主人样招呼我们。原来如此！原来如此！我回头再看一眼暮色中的老庄村，心里莫名地就有了些惆怅。

　　从抵达到离去，整洁漂亮的村落中，没有见到几个男人，孩子和妇女居多，让人感觉这是阴性的村庄。树那么大，山那么高，风在夜晚里穿过村庄，孩子们是不是会有几分害怕？

　　那些在异乡谋生的人，自家树上的樱桃快熟了，他们是尝不到的。槐花儿寂寞地开在枝头，香气氤氲在离乡人的梦中。村庄里最美的季节，他们也看不到。年底里回家，树叶儿掉光了，孩子们长高了，老人更老，女人们眼角多出些皱纹来。家乡最美的光景与他们错失，不知道遗憾的是他们呢，还是这美丽的村庄？

二

  2018年4月27日，采风小组来到成县北部山区二郎乡。

  这儿属林区，植被很不错。我对这个地方比较熟悉，我婆婆家所在的陈院镇与二郎乡毗邻，一到夏季，我随爱人回老家，总是不嫌远抽空跑去二郎乡玩玩。春天看牡丹，初夏摘瓢子，盛夏去黄家河玩水乘凉，或者去泥功山兜风。秋冬时节就很少去，主要是怕冷，因为海拔较高，气温比城里和川坝地带低很多。

  因为4月初的一场寒流，牡丹晚开了几天，正好让我们赶上了盛花期。二郎乡武坝村是全县著名的油牡丹基地，种植有上千亩的白色牡丹。这个时候，公路两边花海连绵，花香一路追随着我们的车子，偶尔有蜜蜂从车窗误撞进来，吓得同行的女伴们一阵尖叫，赶紧打开所有车窗，让这可爱的小精灵飞出去。

  城里的春天已近尾声，我们赶到二郎乡，就像又赶赴了一场春天的盛宴。郁金香基地的花儿同样开得光华灿烂，四周青山合围，花海深陷于巨大的绿色屏风中，仿佛神话中的壮锦。漫山遍野开得无拘无束的刺玫、小雏菊、蒲公英以及紫花地丁，更是招来嘤嘤嗡嗡的蜂群。二郎乡发展养殖业主要就是养土蜂，我们在武坝村参观了一处规模较大的养蜂场，蜂箱依次放置在草坡上，四围开满了油菜花。这是专为养蜂而晚种了几天的油菜，还没来得及长高，就撑着季节开花了。还有成片的中药材，主要是贯众和重楼，适合在高寒阴湿地带生长的植物。

我拍了一组蜂箱的照片，发到朋友圈，命名为"甜蜜的房子"。一会儿工夫，就有朋友托我帮忙购买十斤蜂蜜。到了下午回家的时候，养蜂人就把包装好的几大瓶蜂蜜给我送到了乡政府，每公斤仅仅50元，地道的土蜂蜜，比县城超市里的价格低，并且质量完全有保证。后来我这个朋友觉得这儿的蜂蜜地道，专门问我要了乡政府干部的联系电话，又增购了一些，带到省城里去了。我从朋友圈看到她天天在宣传食用蜂蜜的几大好处，猜测她可能也做了"微商"，成了二郎乡土蜂蜜的代言人和宣传销售人员。这真是件好事情！我真希望有更多的人能加入进来，帮我们的农户销售土特产。要知道在养殖和种植都初见成效的时候，销售就成了最主要的环节。

午饭后，二郎乡食药监所的负责人孙宝强同志带我们去他所驻的安子村参观采访。小孙是我曾经的同事，人能干，性格开朗随和。途中，他给我简单介绍了一下这几年在所驻村的扶贫工作实况。说他在二郎乡任职后，因为有丰富的基层工作经验，乡党委安排他包抓全乡最偏远、贫困程度最深的安子村。初到安子村，他才知道这是个多年来的"包袱村"，种植结构单一，经济收入十分有限，群众生产生活条件极为困难。除了靠天吃饭的庄稼地之外，没有支柱产业，收入渠道十分单一。

为了熟悉村情民情，他说自己利用一个月时间，集中跑完了全村五十八户群众，走遍了所有的山梁沟田，做了深入实际的调查研究。最后根据安子村的实际情况，确定了"强基础变面貌、育产业促增收、聚民心提素质"的整体发展思路，对照"贫"症开出了"精准药方"。

为破解基础设施建设等难题，他天天给乡上主要领导汇报，天天往交通局、扶贫办、水务局等职能部门跑，不给项目就"赖"着不走，因而有了"老赖所长"的称号。最终在他的努力下，修通硬化了安子村通往山外主干道和各个自然村的道路，村内小巷道硬化到了每家门口，每家每户的院落都进行了硬化，并且给村里所有的建档立卡户实施了危房改造和易地搬迁项目。如今的安子村，家家吃上了干净方便的自来水，新建了村卫生室、文化书屋，新修了文化广场，拉通了动力电和互联网，村容村貌和基础设施发生了翻天覆地的变化，群众的生产生活条件得到了极大提升。

他还告诉我，在安子村的产业发展上，他有自己的一套"山"字经和"山"字文。那就是结合实际确定了手工编织筛、土蜂养殖和中药材种植三大支柱产业。在他的帮扶下，村党支部书记和村委会主任首先自己办起了合作社，并通过"党支部＋合作社＋致富能手＋贫困户"的形式，由点带面推动合作社社员与贫困户整体脱贫致富。他不无自豪地说："目前，全村共发展猪苓、苦参等中药材种植田260亩，发展土蜂养殖420箱，年编织手工筛1.2万只。58

户群众实现了户户都有增收产业的目标，特色产业收入占到农户总收入的 70% 以上。仅手工编织筛一项，就为安子村群众带来年经济收入 36 万元，安子编织筛已成为安子村的金字招牌，远销周边乡镇和康县、四川等地。"

产业做起来了，为了让这些山货真正变成金蛋蛋，鼓胀群众的钱袋子，小孙又带领群众积极发展电子商务，贫困户变成了网商，贫困村变成了网货供应仓，农产品变成了网红，既把村上的农产品推介了出去，又把"互联网思维"带了进来。贫困户周书平通过乡党委、政府组织的培训和贷款支持，在村上第一个开起了网店，经营安子村的土特产品，不到两年时间，年销售额已经达到八万多元。贫困户艾应斌不但养起了羊和土鸡、土蜂，建起了鱼塘，而且也成立了专业合作社，并在 2015 年实现了脱贫。

说起这些年的扶贫工作，小孙热情洋溢，丝毫没有提到在工作中遇到的困难。我故意问他，难道你真是一路顺风过来的，不能讲点其间的困难和阻碍吗？开朗的小孙哈哈大笑起来，连声说："算了算了！困难和苦恼多得讲不完，还是不说的好，总之是把我想办的事情办成了，负面的东西我们还是把它忘了的好！"

说话间，车子拉着我们穿越一道又一道山和水，从黄家河一路上山又下山，经过棋盘河、曹阴等村子，最后来到风景优美的安子村。村容村貌果然非常整洁，加之自然环境好，参天古树、涓涓细流，更加使村庄如在画卷中。我们在村委会和贫困户家中了解到的情况，诚如小孙给我们所讲，从干部和农户对小孙热情有加的态度上，看出来我这个从前的小同事是个真干实事的人，也是个贴心为群众着想的重感情的人。

三

2018年4月28日，周末，我们文学组的第一期采风活动暂时告一段落，我又跟随美术组参加了他们的采风活动。十几位县内绘画作者在杨立强先生的带领下，今天去成县红川镇和徽县木皮岭接界的地方写生。

这个时候往深山更深处，确是一桩再美不过的事情。你会发现，自己眼瞅着渐行渐远的春天，稍纵即逝的小妖精似的春天，却原来是躲到这儿那儿的深山中来了。我们今天所到的地方，节气几乎比城里晚近二十天，川坝地的油菜已经结荚了，这儿的油菜花开得正盛。夜雨新晴，山风微凉，花香一阵一阵的，一下子聚拢来，倏忽又飘远去。没有见到成群的蜜蜂，想来这儿还没有发展养蜂产业。偶尔有蝴蝶翩然飞过，也是寂静无声的。山里的春天不仅晚，竟然还安静得不一般。比起听惯看惯了的鸟喧花妍，深山春静自是别有一番韵致。

同行诸人各自找了满意的角度，撑开画夹，提笔濡墨，一个个想要把眼前的山水搬到宣纸上来。杨先生逐个给他们指点，偶尔示范给大家看。我真是好羡慕这一行会画画的朋友，有一个好老师领着，现场指导作画，毫无保留传授经验，且又在如此安静美丽的地方。不说描山摹水之惬意，单这先生课徒的温馨场景，原就是一幅好画儿。

　　随他们看了一会儿画画，我就约了个同伴到处拍照去了。顺着公路再往高处走一段，路两边出现了连片的油菜地，地势呈缓坡状一直往上，尽头处仿佛连接到低低的天空。我蹲下来迎着公路和菜地拍照，宽阔的水泥路尽头是湛蓝的天空，金黄的花海分布在公路两侧的蓝天下，镜头中截取一段，居然看上去像是在青海湖边拍摄的。

　　站在公路的高处，回头才看见不远处有一片青青的牧场，散养着十来头黄牛，牧场低处有户人家。远远地拍了好几张照片，都不是太满意，只好走近些去，这才看清偌大的牧场不过是一处撂荒的山坡地，种满了密密麻麻的苜蓿。牧场四周围以木栅栏，出口处是一扇柴门，用铁丝扣扣着。站在柴门边望下去，青草萋萋，远处是一大块铺着地膜的玉米田，白色的塑料薄膜顺地势呈弧线排列，像画上去的一样。近旁的红砖瓦屋，简直就是童话世界里的小房子，在这田野里和牛群、庄稼一样生动。无论从哪个角度取景，都能拍摄到让人满意的图片。

　　远远地，镜头里闯进来一个绿衣女子，是和青草的绿截然不同的翠色，我赶紧放下手机，迎着来人的方向，给她微笑着打招呼。

到了跟前，绿衣女子从里面扭开铁丝捆扎的柴门，走出来和我们聊天。

　　她告诉我她的名字叫蒲桃花，经营着一个八口之家，爷爷、夫妻俩、儿子儿媳、女儿女婿、大外孙，还经营着这个牧场。她自豪地告诉我，身后的牧场全部是她家的，十二头牛也是她家的，另外还有近五十亩的承包地，一部分种了油菜，一部分种的地膜玉米。我喜爱她的纯朴和不加雕饰的美，也喜爱她侍弄得有如田园交响曲般的田地。站在她家的柴门跟前，我让同伴给我和这个叫桃花的女子一起照张相。她起初不好意思往我身边站，说她一天跟牛打交道，身上不好闻。我才不在乎呢，一把拉过她来，肩并肩合了影。正好那天我穿红颜色上衣，我俩往那儿一站，一红一绿，又喜庆又和谐。

　　问到她的家庭状况，她略有点遗憾地说，这个跨越五代人的家里，她就是个顶梁柱。夫妻俩生了两女一男三个孩子，大女儿嫁出去了；小女儿留家里招赘了女婿，才生了一个小孩；儿子刚结婚，还没有生育。我问到她的婚姻，桃花坦率地说，丈夫是别人介绍招赘上门的，也就是俗话说的，凑合过日子。我听了，心下凄然。这世上，有多少夫妻，是在凑合过日子，是为了责任和义务，以及原生家庭寄托在当事人身上的无限希望，而心甘情愿地凑合一辈子。

　　分别的时候，我和蒲桃花的女儿互相加了微信，然后把照片给传了去。她很高兴，邀请我过一阵子再来，说再有一个月，山上的瓢子就熟了，让我们吃瓢子来。我问这儿的地名，她说早先叫大川坝，现在更名为木皮岭了。木皮岭是杜甫当年由陇入蜀时走过的地方,在我记忆中是充满诗意的地方,眼下看到的风景真是很不错,可惜人家少。蒲桃花一家住的是独庄子,离最近的邻居家都有至少两公里路,她家购买生活必需品要翻山越岭到徽县伏家镇街上。

从蒲桃花家所在的山顶下来,低处总算有了较为密集的住户。村庄里的基础设施建设基本完善,看到一个大伯挑着水桶在路上,我还专门问到自来水的情况,说是近期因为自动上水塔出了问题,没有维修好,只好自己挑水吃。坐落在这片山洼里的十来户人家,多是红砖瓦屋,偶见未拆除的土坯房,平顶房比较少见。这对画画的人来说,可是最好不过的写生素材。场院里慵懒地卧着大黄牛,鸡们狗们顾自悠闲地转来转去,因为我们盘桓已久,狗儿们也当我们是熟人,不再像初见面时那样大声吠叫。

安静笼罩着偏僻的小山村,造型各异的稻草人随处可见,一个地块里就站有三到四个稻草人。村人说,野雀儿实在太多,刚种下去的玉米粒,一会儿就被刨出来吃掉了。谁家不是补种两三回,这才出得几棵苗来!说这话的中年男人,就站在高高的地坎上,手里拿的竹竿有丈余长,过一会儿就把竹竿在空中挥一挥,他和地中间的稻草人肩负的责任是一样的。他问我们几点了,我看看手机,下午两点半。谈话的中间,他告诉我们,因为身体不好,出门打工都不行了,只好让老婆和孩子们出去挣现钱,自己在家磨蹭着种庄稼,兼顾上了年纪的老人。这不，天气越来越长，瞌睡却越来越少，想着不如站地头帮忙吓吓雀儿，多守几棵庄稼苗，时间也就过得快一点。

红川一行，领略了不少美景，也看到了村庄的冷清和荒芜。在蒲桃花家附近的那个村子里，我们见到的稻草人比留守在庄子里的人多，草木蓊郁的小山村，因为烟火气的缺失，明显少了许多生机。回来的途中，我收到蒲桃花女儿在我微信朋友圈的留言：欢迎再来！看到后，我秒回：一定会再来，下次，我还要专门来看望你们家的老人呢。

好久，那孩子给我私信发来一串拥抱的表情，并说：瓢子熟的时候我呼你。这就让我格外期盼瓢子成熟的季节。有了盼头和念想，回来后的一段日子，感觉就比平日里过得慢了一些，心里也满是愉悦和安静。这也是我近年来一直向往的生活状态。

四

王磨镇是我曾经工作过的地方。有近十年时间，我是在这个地方度过的，今日重来，有说不出的亲切和感动。我们的车子跟随在一辆大货车后面，因为是单行道，超车有困难，路面上被大货车卷起滚滚土雾，我们跟在后面关紧车窗依然能嗅到土腥味。同行皆掩鼻，唯我一人坦然自若，就像又回到二十年前，翻山越水追云逐雾去上班。

谁知，到了水泉检查站附近，路断了，只好掉头取道毕家山，经江洛镇往目的地。这一掉头，我们就有机会来到王磨镇所辖的黄山村，一个典型的贫困村。四十户人家，2013年有二十七户是建档立卡贫困户。截至2017年，建档立卡贫困户人数为十户三十五人，贫困发生率为百分之二十五。

贫困并未阻挡春天的脚步，来这儿，看到的依然是欣欣向荣的春和景明。尤其村后山坡上的橡树林，即便是几百年树龄的古树，仍然焕发着勃勃生机，枝繁叶茂，浓荫匝地。

同行的丁磊，就是这儿的驻村扶贫干部，同时也是我们采风队的一名小说作者。他的想象力和口才相当不错，站在古橡树跟前，告诉我们橡树的神奇之处。说是两株相爱的橡树，倘若其中一株因故死去，那另外一株绝不会苟活，定会随之无病而去，也可谓殉情。它们生是成双成对地生，死也是结伴而行去死。近旁有一株六百年左右树龄、被雷电击中的枯树，中心已空，兀自立在蓝天下，枝干若臂，愤然直指苍穹，一副死不瞑目的神情。接着小丁的话茬，有人说这株毁于天雷的橡树，想是爱无所依情无所寄，于是招雷神来收走它，以求解脱。因为在它近旁，的确再没有另外一株死去的橡树。

爱是人类永恒的话题。一帮舞文弄墨的同行者，就这个话题讨论了个不亦乐乎。唯一人悄悄埋头掐手机，不一刻，就在朋友圈发出来自己因为橡树引发的心绪和感慨。我不会写诗，只发一组橡树的图片，却也引来朋友们围观，多数人说没有见过橡树，我告诉他们，知道《致橡树》就行。其实一拨人就是因为喜欢舒婷《致橡树》这首诗才关注我这个朋友圈的。直到最后，我才慢吞吞告诉他们，橡树，也就是我们平常所说的青冈树，果实被称作橡子。

在黄山村，我首先感到的是，这儿的人都很热情。我拿着手机在一座古旧的大门门楼前照相，主人在院子里看见，连忙起身热情地招呼我。就连路过的一个中年人，也极其和善友好，执意让我进他们家喝口水。真是让人感动！这给我留下了黄山村民风淳朴的好印象。后来在入户中了解到，这儿还是省画院定点帮扶的贫困村，画院的领导带着他们的专职画家已经在这儿蹲了一年多了，除了落实扶贫帮扶政策之外，画家们也创作了不少绘画作品，还准备要在我们县上的美术馆办个展览呢。

对于黄山村的扶贫，政策有很大的倾斜，首先给每家每户都新修了厨房和卫生间，至于水电路等基础设施更是不在话下。因为这儿的扶贫工作搞得好，一度成了别处学习的榜样和参观点。当地人说，只要有外面的人来，就会给他们带来好处。现阶段正处在村容村貌美化中，路旁已经种上了各色花草，有些还用地膜保护着，以确保全部成活。

随行的扶贫干部开玩笑说，之前这儿的群众是比较落后的，因为穷，民风一点都不好。随着扶贫工作的深入，人人都感到扶贫带来的好处，于是，只要有生人来村里，他们就以为又是给自己送福利来了，也就显得格外热情，有了礼节。虽然是调侃，但也说明一个问题，那就是物质扶贫之后，最要紧的是精神扶贫。如果物质扶贫带来的最大效应是贫困村村民在精神境界上的提高，那我们这个扶贫工作就真是功莫大焉。

绕道江洛到了王磨镇，已经中午时分。我曾经生活工作过的那个大院子，早已物是人非，今非昔比。不！似乎物也不是了，当年品字形的办公楼和两排红砖青瓦宿舍已被新式办公楼所取代。院子中间多出一座假山，当年楼前我种的芭蕉树也已不见，换上了两株石榴树，榴花开得正艳。只有乡政府的大灶还在老地方，上菜的间隙，我还专门进灶间看了看，不由得想起当年胖胖的厨娘。

下午的入户采访，和别的乡镇情况差不多，凡建档立卡的贫困户，全县政策是一样的，落实程度也都大同小异。倒是通过镇上的干部，我们了解到一些群众"等靠要"的思想。那个颇有见地的80后乡镇干部，已经在最远的村上驻扎了两年，村子里的情况摸排得很清楚。他感慨地说，通过我两年来的观察，发现那些日子过不上手的贫困户，除了因病或因灾致贫，大多还是犯懒病，不愿意干，政策这么好，却总是等着天上掉馅饼。总之，不论是干事业还是干生活，人的因素第一！

我赞成这位年轻干部的说法，只要人想干事，愿意踏踏实实干事，总没有干不成的。可惜的是，自从政府有了扶贫政策，有一类人越发不愿意好好干生活了，反倒是等着靠着看政府能白给他们多少，甚至给了，却还要和别家比一比，是不是自己吃亏了。具体落实帮扶政策时，有贫困户竟然不肯配合，说是这个关系到年底脱贫验收，关系到扶贫干部的考核和饭碗问题，我不配合你们也得给我好好落实了，否则，到时候会有人管你们的。

　　听到这些既让人伤脑筋又让人伤感情的事儿，大家无非唏嘘感叹一番。有什么办法呢？国民素质跟不上，再好的政策往下落实都是有困难的。也真是难为了我们的基层干部，常常加班加点，自家的日子都顾不上，孩子也顾不上，却还不一定能把工作干好。还有形式化的填不完的表格，填了改，改了填，也不知道浪费了多少纸张和精力，貌似扶贫工作全都落实到一张张表上去了。

　　回来时，天色已晚，好在来时不通的那段路已经修好。车子顺着黑鹰河岸边蜿蜒前行，河水在朦胧的星空下哗哗作响，对岸林木茂密的山峦蓝幽幽的。风从车窗飘进来，带着若有若无的小水星，音符一样。同行几人全都来了唱歌的兴致，我们从怀旧金曲唱到当下的流行歌，不过瘾，一段一段的京剧和昆曲唱段，依然不是那么回事，不知谁轻轻哼起《让我们荡起双桨》，一车人都跟上唱得深情款款，一个个就像又回到了童真时代。

五

　　今天的目的地是鸡峰镇草滩村。一个离县城三十三公里地的偏僻小山村，也是曾经很典型的贫困村。自精准扶贫精准脱贫实施以来，草滩村实施了通村路、通社路、通户路、通自来水、美化亮化房屋等基础设施建设。随着人文环境的改善，昔日偏僻破旧的草滩村一变而成如今的"美丽乡村"。依托县上积极扶持发展乡村休闲旅游的新型扶贫产业，草滩村被划定为成县南片百公里自驾游环线的生态休闲度假营地线路，为发展乡村旅游打开了新的局面，也为草滩村群众增收致富开辟了又一新路径。春夏季节，就是游客们最常来的季节，有几家农家乐生意很火爆。

　　电商扶贫在草滩村也是成绩显著，当地土特产通过"草滩珍宝阁"网店源源不断地被输送到了大山外面。另外，以烤烟、核桃、养殖为主的产业已成为贫困群众稳定增收的重要来源。随着扶贫工作的进一步深入，如今草滩村的贫困人口已经由2013年的一百五十五人减少到现在仅有十二人，扶贫效果十分显著。

　　我们在草滩村见到驻扎在当地的帮扶队员，三个男同志，一间宿舍半间灶房，安安心心吃住在村上，帮扶在村上。他们当中年龄较大的一个同志，我没有记下他的姓名，说起这儿的烤烟种植，相当内行地给我们讲解了一番种植要点，言语中充满自信和热爱，让人感觉他就是这儿的一个经验丰富的烟农。他还告诉我们，自从进驻村上，他才觉得找到了自己想要的生活。多年待在机关上，工作枯燥无味，并且离群众越来越远，这回下来，一下子就拉近了和群众的距离，自己又是农村长大的，和群众同吃同住，不但取得了当地群众的信任和喜爱，自己也重新过了一回田园生活，真是收获不小。

说起帮扶工作中的艰辛和曲折，队员们感触良多，依托政策扶持，多数贫困户都能积极配合落实扶贫政策，但也有少数贫困户总是给他们出难题，认为扶贫工作仅仅是干部的责任和义务，如果完不成，就是干部失职。有户仅两口人的贫困之家，七十多岁的母亲和五十出头的光棍汉儿子，住着两间危旧房，早在2015年就列入易地搬迁计划，但是一直未能落实，原因就是主人不配合。理由是政府补贴的钱款根本就盖不起两间新房子，无奈，政府会议研究决定，对这家人实行特殊帮扶，干脆直接给他们盖两间新房子，让他们母子搬进去住好了，不要他们自己出一分钱。可是，当扶贫队员去给他们转达政府帮扶意见时，那个五十多岁的男人却说，盖两间房子是万万不行的，要盖就给他们盖五间；否则，就不让盖，旧房子也不拆，看到时候国家验收，当干部的怎么给上级交代！

听到这样气人的事例，我们都不知说什么好了。那天离开的时候，听说这个问题还在悬着，还没有想到好的解决办法。这真是影响心情！好在归途中路过雷神庙，遇到庙会唱夜戏，我们在戏场逗留了一会儿，吃夜宵看戏，人堆里挤出挤进几个来回，也就把一天的辛苦和不快给忘掉了。

六

2018年6月26日，雨天，我被抽调随同县纪委、县党史办、县志办和文化馆组成的扶贫工作督查小组前去店村镇进行督查。

早9时从县城出发，晚7时回城，我们马不停蹄走访了店村镇所辖的六个村子。这回的任务主要是督查扶贫干部的工作，每到一处，都要检查工作队的各类台账，然后随机抽两至三户贫困户调查访问，看帮扶队记在工作笔记上的和实际所做的是否契合，还要看贫困户对帮扶人员的工作是否认可。

店村镇石关村是县委组织部联系的贫困村，组织部派出三男一女四位同志驻在村上。唯一的女同志已经有孕在身，但距临产期还早，和男同志一起下乡驻村，踏踏实实搞扶贫帮扶工作。她与同事陪我去走访村上的五保家园，看望一位名叫刘腊梅的孤寡老人。我问她怀着身孕，在这偏僻的小山村里生活有困难吗？她很实在地告诉我，在生活上是没有城里方便，比如买个日用品、水果零食啥的就得托人从城里捎。但是，这儿环境好，空气清新，人待着舒畅，何况他们有在基层锻炼的规定，她这次下来也是自己争取的，并非领导的硬性安排。刚来不太习惯，过了一阵子就适应了，尤其是随着和群众越来越熟悉，感觉自己就像是住在亲戚窝窝里，工作再忙再累，心情始终是愉悦的。

　　不一会儿，我们就见到了住在五保家园的刘腊梅老人，一个七十二岁的孤老太婆。村上给老人的居室里盘了九个胡墼的土炕，炕上的被褥都是新里新面，老人爱干净，被子在炕上折叠得平平整整，被单的四角压在炕席下，一看就是个会安排生活的人。我们问她，认识帮扶你的干部是谁吗？老人把我们瞅了一个遍，然后指着胖乎乎的小王说：认识！王主任！我们接着又问她，王主任都给你帮扶了些啥？她又把我们瞅了一遍，认真地说：帮了不少！然后用手指着周遭的箱子、板凳几样家具，以及炕上的陈设，意思就是这些都是王主任的功劳。

　　她憨直的神情惹得我们和王主任一起笑起来，可笑声还没停息，这个叫刘腊梅的老人就不高兴了，忽然就拉下脸来，极其委屈地说：给我帮扶的是好，但有一样不好，就是给我没有新衣裳穿！拿来的都是别人穿过的旧衣裳，你看看你们，个个都穿的是新衣裳！边说还边用眼睛白了我和组织部的那个女同志一眼。我忽然为自己穿着刚买的新衣服而惭愧，再看看老人，竟然是花短袖衫套着花长袖衬衣，花色又是那样不协调，看着十分别扭。一边的男同志哈哈笑了起来，大声对刘腊梅说，你把箱子里和包袱里的衣服拿出来拣好看的穿嘛，那都是八成新的，非要个新衣服干啥，又不相亲去。

这一说，老人却又笑了，还有点不好意思的神情。王主任小声给我们介绍了一下刘腊梅的情况：轻微弱智，四十几岁丧偶，丈夫生前比她的智力还差，俩人凑合一起能把饭做熟了吃，也没有子女。多年来一直是村上的五保户，村干部曾经想让另外一个叫杨彩民的鳏夫和她一起生活，他也已经快七十岁了，还可以相互做个伴。可刘腊梅不同意，她嫌杨姓老人是个男同志，并且太邋遢。

从五保家园出来，天晴了，我们一行来到黑山村王小平家。这个家庭也很特殊，因为家贫，王小平娶了个有智障的媳妇，生下一个女儿倒是各方面都正常，家里还有个八十二岁的老母亲。王小平在城郊租了房，一边打工一边供养女儿在城里读书，留下老母亲和有智障的媳妇在家留守。好在老母亲身体硬朗，还能给媳妇和自己做饭。

我们找到王小平家的时候，八十二岁的老人拄着拐杖在菜地摘菜，他媳妇侧身半躺在廊檐下的水泥地上瞅着我们傻笑。三间红砖瓦房刚刚由帮扶队给从里到外粉刷一新，屋里还弥漫着浓重的石灰味儿。王小平的老母亲招呼我们进屋，说屋里太简单了，坐也没处坐，真是得罪领导了。我们站着和老人说了一会儿话，问到老人的身体，说除了血压高，别的都正常，我这才明白为啥这个高龄老人的脸部，尤其是颧骨部位像年轻人一样泛着红光。老人说亏得村上有医疗室，偶尔头疼就去买几颗药，吃了还是很管用的。

　　看到他们家徒四壁，老的老，傻的傻，我心里真是说不出的难过。还是那句话，日子过得好不好，人的因素第一。在这儿，这句话就得到了很好的验证。可是又有什么办法呢，好在老人在言语之间，并没有流露出嫌弃儿媳妇的意思，倒是说媳妇虽然是个瓜子，但给她生的四六周全的孙女，是她用奶粉一勺一勺喂大的，已经很知足了。现在趁她还硬朗，一定要尽力把媳妇和这个家照顾好。

小　结

　　因为我们的《同谷》杂志要出一期扶贫采风作品专辑，稿子要得急，我只好把从4月份下乡以来的笔记整理出来，是写实，也写自己的一点感受。记录的过程中，好几次停笔，不知道要怎样表达才好。也设想将这几年扶贫工作中的所见所闻，正面的也罢，反面的也罢，构思一篇小说出来，无奈文笔所欠，总不能将身边这些活生生的人和事搬到特定的场景中去。那么就先写实，记笔记，于是就有了上面这些文字。

　　就在我陆续整理的过程中，我们仍然频繁地下乡，参与精准扶贫与精准脱贫工作。在我所联系的贫困户家，有两位八十多岁的老人，因为常年生病导致家庭贫困，但他们人穷志不穷。首次登门，我看到老太太摔伤的手臂，盈满泪光的双眼，深感同情和难过，但因为之前没有了解到这个情况，我自责来时没有给老人买点营养品，于是偷偷地干了件违背政策的事情，就是以个人的名义给老人留了一百块钱。当时，两位老人死活不要，是我红着脸硬给人家塞到手里的。临走时，老太太一个劲说："政府就是好！感谢政府！"

后来去的次数多了，他们一家人把我当亲戚一样看待，每次都张罗着要做饭，虽然每回都被我婉拒，但我心里始终有一份感动。6月份一回去他们家，我和老人的女儿在院子里聊天，老太太给我端来一洋瓷碗草莓，个个又大又红，让人感动的是，老太太用她受过伤的手，颤巍巍把草莓的绿蒂一个一个都掐掉了，说是吃的时候方便。那天从他们家出来，我想起曾经看过的一组扶贫笔记，作者也以写实的笔法，记叙了他所帮扶的贫困户接受了自己的私人馈赠后，并未及时道谢的一幕。我想，如果那个作者多去几回他所联系的贫困户家，和对方建立了感情，也许就不会出现那种状况。我一直相信，无论社会如何发展，人性总是美好的成分多，只要我们有耐心和爱心去发现。

当然，如此之长的扶贫之路，我们似乎也才是走了开头的几步，可是，接二连三的问题就已经出现。尤其是扶贫政策尚未扶起少数贫困人员的骨气和志气之前，物质扶贫却先已助长了部分人的"等靠要"思想，惯坏了一批懒汉。就在前几天，一场暴雨袭击了陇南大地，成县不算重灾区，却也有不同程度的灾情。我们及时走访了自己所联系的村社，村干部哭笑不得地说，村里部分贫困户，在未被帮扶之前，年年也会遭遇大雨，但年年都想办法自己解决问题，现在倒好，下雨的当天夜里，有两家人直接给村干部和帮扶干部打电话，说他们家院子进水了，怎么办？

扶贫先扶志，这是大家都会说的一句话，可是行动起来，却是那样难。期待着，下一步的扶贫任务能从精神扶贫先着手，待到人人都能克服"人穷志短"这一弱点，我们的社会也许会更有活力。

逐花而行蜜蜜甜

惊蛰一过，高高的鞍山梁上漫下来的风就一天比一天柔顺软和，山坡上各色杂花仿佛不经意地随风而绽。事实上连风都知道，这些小小的不起眼的花儿，曾经在严冬里，是怎样鼓足了劲满蓄着迎接春天的力量。而在当时年纪尚幼的柏亚峰眼里，山坡上的花儿们是在和那些山梁上下来的风玩游戏。风从高处往低处吹，花儿们却从低往高处开，一层层的花香自此弥散，日子要一直香到九月九，一面坡上开满了金黄的菊花。

爷爷背起蜂箱，小小的亚峰跟在爷爷身后，爷孙俩送蜜蜂们去山脚下采花儿上甜蜜蜜的汁液。小亚峰常常觉得奇怪，爷爷说蜂儿们喜欢花朵，是因为花朵甜，可是他不知尝过多少花朵儿，也没尝出来几多蜂蜜样的甜。爷爷说："你要是能把花儿的甜弄成蜂蜜的甜，那你就是只蜜蜂，就不是我的宝贝疙瘩亚峰喽。"

蜂群嗡嗡，小亚峰叽喳吵闹着让爷爷给他编带花的凉圈——花草拧结在一起编来戴在头上遮凉的花环。爷爷的手巧得很，三下两下就编得好。小亚峰戴着花凉圈专往阳光下跑,爷爷的蜂儿也专往阳光下跑。蜜蜂是飞着跑,小亚峰追不上嗡嗡叫的蜂群,他扬起手招呼蜂儿们,却有一只蜂儿以为小亚峰要打它,想也没想就在小亚峰的胳膊上叮了一口。可惜,它就此也结束了原本短暂却十分珍贵的生命。

"疼哩!也不疼!其实,不过……能忍住……"

多年后的一个夏日上午,天气晴好,我跟随市文旅局抽调的脱贫攻坚文艺作品创作组和成县扶贫办的负责人一行来到王磨镇林口村的柏亚峰家。这是柏亚峰在给我们描述小时候怎样跟上爷爷养蜂的一个小场景。说到被蜜蜂蜇,我们问他疼不疼。已过而立之年的柏亚峰似乎觉得要是说疼,还真有点难为情。当然我是知道的,被蜜蜂蜇咬,那是能令人抓狂的疼痛,有严重者,甚至因为蜂毒而丢了性命。记得二十年前,我有个年轻的男同事为了帮我摘花园里梨树上的一个梨子,不小心惹着了蜂群,一只蜜蜂钻进同事浓密的头发中,只看见男同事大叫着跳出花园,双手抱头大呼小叫。后来别的同事帮忙把蜇人的蜜蜂从头发中找出来了,但我那个被蜇的同事说他那晚上一整夜都没有睡觉,直到天明时头皮上的疼痛才渐渐变得麻木。那件事让我内疚过很长时间,因此也记忆深刻。

站在我们面前的柏亚峰一边不停地把屋子里无序乱飞的蜜蜂往外赶一边说:"疼哩!也不疼!其实,不过……能忍住……"我不由得就多看了这个年轻人几眼,中等身高、结实身板、黑里透红的健康肤色,一句话说完,憨憨一笑,一看就是个随和敦厚的年轻人。他接着告诉我们的经历,让我明白了为啥在他那儿,被蜂蜇了都能忍住说不疼。比起这些年来生活中遇到的困苦和疼痛,那被蜜蜂蜇一下又算得了什么!

那时候爷爷还在,爸爸患有神经方面的疾病,妈妈胳膊落有残疾,亚峰和他的姐姐妹妹三个孩子,几乎都是在爷爷跟前长大的。5月里上山收蜂,爷爷爱带上亚峰,女孩子胆儿小,山上有蛇,身边还那么多蜂,也只有亚峰这唯一的男孩子能给爷爷帮上忙。刚刚八岁的亚峰知道,收蜂收的是野蜂,成功了的话家里就能多出一箱蜂儿来,多一箱蜂儿就是多几十斤蜂蜜,一家人的吃穿用度就全系在这嗡嗡嗡飞出又飞进的蜂儿身上。

亚峰喜欢给爷爷扛蜂兜——竹编的专门用来收集蜜蜂的一种敞口兜子,顶部用铁丝拴在长长的竹竿上,里面抹上一层蜂蜜,拿到野蜂出没的地方,一连声地喊:"蜂王蜂王上斗,蜂王蜂王上斗……"养蜂人说,蜂儿们听见这神谕一样的呼唤,不由自主就钻进蜂兜里来。养蜂人还说,蜂儿们不光会听,还能闻到蜂兜里蜂蜜的味道,循着美食,不往蜂兜里来也由不得它们。

然而,八岁的亚峰只是觉得蜂兜好玩,举着它晃来晃去,哪里能收得来蜂儿呢。爷爷不作声接过孩子手里的工具,虔诚地边呼唤边缓步往前走:"蜂王蜂王上斗,蜂王蜂王上斗……蜂王上斗喽——哎!"

蜂儿们一只只地钻进蜂兜里,看到同伴还没有来,有几只又飞出去呼朋唤友,就这样,小半天的工夫蜂兜就满满当当。爷爷轻轻把蜂兜从竹竿上解下来,蹑手蹑脚拿去放到早就准备好的蜂箱,换一只蜂兜再收集。

一晃爷爷就老了,似乎都快背不动一只蜂箱,当年那个八岁的孩子却长成个虎头虎脑的半大少年。家里依然贫穷,少年亚峰连小学都没有上完就回家帮爷爷和妈妈持家了,因为爸爸频繁发病,实在不能当一个正常劳动力来让他在家里发挥作用。好在亚峰懂事,他并不为辍学感到遗憾,本来他就不喜欢进学校,他想要学赚钱养家的本事,好像在学校一下子还学不到。回来也无非就是给爷爷帮忙养蜂,花季里背着蜂箱撵着花儿挪地方,秋冬季跟爷爷学习怎样用糖水喂养蜂群。和箱子里的蜂儿们一样,亚峰急切地盼着春天快快来,因为一开春,就能够看到爷爷像变戏法一样,活生生把一箱蜂儿变成两箱。

在亚峰眼里,爷爷无所不能,爷爷还无微不至地宠着这个爱跟上自己和蜂儿打交道的唯一的男孙儿。头一茬蜂蜜割下来,一家人谁也舍不得尝一口,唯独亚峰能从爷爷那儿得到一调羹蜂蜜的奖励。常常是不舍得一口吃掉,伸出舌尖舔啊舔,可也经不住几个回合,那一调羹的甜就全部被他舔下了肚。哑巴哑巴嘴,还想吃,但又忍住了。爷爷说，这些蜜是要换一家人的柴米油盐的。

可即便这样，柏亚峰还是说小时候吃蜜吃太多，如今自己成了养蜂专业户，一年收割几千斤蜂蜜，完全能可着劲地吃，却一口都不想吃了。不过留在心里忘不掉的，依然是小时候吃蜜的那份美好回忆。

"亏得小时候跟上我爷学了点养蜂的经验，要不是碰上那年政府帮扶我，我还得专门学一遍技术。"说起接受精准扶贫专项帮扶养蜂起家到看最终顺利脱贫的过程，柏亚峰这样给我们说。

2010年，柏亚峰二十四岁，他刚刚经历了人生中最黑暗的一段时光。先是疼他爱他的爷爷去世，接着他的爸爸发病后癫癫狂狂把一家人赖以栖身的三间旧房子点燃，大火没有能及时扑灭，家中一切尽数烧为灰烬。幸而在省城工作的柏亚峰的二叔，有一座新盖的房子一直在村里空着，二叔知道侄子家发生不幸，主动把空房子借给侄子一家。时隔不久，柏亚峰的爸爸病逝，家里就只有妈妈一个人与亚峰相依为命了。他的姐姐和妹妹那时都已经出嫁。

愁苦的日子，受病痛折磨的妈妈，的确给了柏亚峰不小的压力。想起之前还可以外出务工赚钱养家，如今自己一出门，妈妈怎么办？就在这样的百般惆怅中，柏亚峰去了黄渚的矿上，在矿洞里推矿车，每天能挣个四五十元钱用来糊口。可怜的妈妈，每天在家里为儿子提心吊胆，谁都知道，矿洞里的活计风险不小。两年后，柏亚峰终于不忍心再让妈妈为自己担心，索性不去矿上，只好在附近的建筑工地上四处打零工，挣点钱养活自己和多病的妈妈。

2013年，柏亚峰听说政府出台了精准扶贫帮扶政策。脑袋灵光的他立即去村上找干部了解情况，连夜写了申请书，向村里申请一个建档立卡户的指标。经过三次社员大会的讨论表决，最终柏亚峰被定为王磨镇林口村的建档立卡户，也就是一个能够享受帮扶政策的贫困户。

那年政府对于贫困户的第一项帮扶措施，就是五万元的贴息贷款。柏亚峰拿到这五万元，打算全部买成中华蜂和蜂箱，继承爷爷的营生，一门心思养蜂，以期改变家庭贫困的现状。但村主任和村支书却考虑不要全部把资金投入养蜂，毕竟他还没有单独搞过这个技术活儿，万一亏损了没法弥补。他们建议柏亚峰最好把一部分资金投入到种植花椒籽和茯苓，可以做到两头保收。柏亚峰听取了村干部的意见，花一万元搞了种植，其余贷款资金用来养蜂。

凭着之前跟爷爷学的一点养蜂经验，柏亚峰开始了他边摸索边学习的养蜂生涯。同村的养蜂能手张林，看到这个和自己儿子一般大的年轻人，为了摆脱家庭的贫困面貌，满怀希望加入到这又苦又累的行当中来，这让他既欣喜又有几分担忧。担忧还是个大孩子的柏亚峰挑不动这副重担，热心的张林主动找上门去给柏亚峰说："有啥困难就给你张叔说，别不好意思张口！"

柏亚峰自此将张林当作自己的师傅，但凡遇到不懂的事情就前去请教。有着近三十年养蜂经验的张林，尽其所能帮助柏亚峰，让他逐渐掌握了一整套传统养蜂技能。张林告诉亚峰，林口村属山区高寒阴湿地带，没有大片的蜜源地，那就只能选择采集勤奋、嗅觉灵敏及善于利用零星蜜源的中蜂。中蜂还有一个优点，对当地环境的适应能力很强，气温只要在10℃以上，它就会出去采集，具有出勤早、收工晚的特点。同时中蜂的抗病性和产品安全性比较高，因此中蜂蜂蜜在市场上的销售价格相对高一些。而张林自家养的一百多箱蜂儿，就是中蜂品种，这些年他们家的日子一天比一天过得好，也全赖这上百箱的中蜂养殖产业。

那年初夏，热心的张林帮助柏亚峰从外地采购回来十多箱中蜂，恰逢漫山遍野的油菜花和各色花儿一齐开放，柏亚峰第一回养蜂就选对了采购的好季节。这一茬蜂儿没有少打蜜，也是柏亚峰早起晚睡精心照料的结果。小时候看爷爷养蜂，只是觉得有趣，现在轮到他来亲自侍候这些嗡嗡叫还会蜇人的蜂儿，柏亚峰才感觉到还真不是一件轻松事情。林口村这高寒地带的夏天，夜里气温较低，养蜂人生怕放置在户外的蜂群受凉生病，常常要半夜时分给蜂箱保暖。忙了一天，累了一天，眼看蜂儿们都归巢歇息去了，柏亚峰还不得闲，拿一些塑料布或者草编的帘子，仔仔细细围护在蜂箱周围，自己才安心去睡。

至于一应的养蜂用具，除了蜂箱和蜜桶是买来的，其余像面罩、布垫、蜂扫、过滤网以及巢框等，柏亚峰都利用手边上现成的零碎物件自己制作，使用起来倒也得心应手。有时候忙得忘记了戴面罩，时不时就会被蜜蜂蜇到，好在他如今已成长为硬气的男子汉，很少会喊疼了。其实，即使喊一声疼，他又能喊给谁听呢？

柏亚峰和母亲的清贫生活依然继续着，这一年蜂蜜的收入还是不错，除了母子二人的生活费用，他将蜂蜜出售所得的一大半用来购买了蜂箱，他期待来年蜜蜂分群，能够将十箱发展为二十箱或者更多。柏亚峰似乎天生与蜜蜂有缘，别人家初养蜂总是有折损或者亏本，养着养着放弃了的人家不少，可他一上手就很顺利，蜂儿们似乎能听懂他心里的话，那就是一定要靠这些勤劳美丽的小生灵来给自己开辟一条致富路。蜜蜂在柏亚峰这里似乎格外勤快，好像不勤快就对不住主人无微不至的经管和照顾。

2015年5月，成州大地百花齐放的时节，柏亚峰从二郎乡买回来三十箱中蜂，加上之前所养，他的中蜂养殖规模在全村已属比较大的。那一年，他意外地在野外收集到一箱蜜蜂，用的还是爷爷教给他的用蜂兜收蜂的办法。

"那一箱蜂儿，那简直就是我的一股飞财，光是那箱蜂儿，我一年就打了三回蜜，一回四十斤，一斤三十元卖掉，收入三千好几呢。"柏亚峰给我们夸耀他当年收集到的一群好蜜蜂，笑着的眼睛里闪出亮晶晶两束光。

我们问他:"普通蜜蜂一年能打多少蜜?打几回?"

"中蜂一年顶多打两回,夏季一回秋季一回,这和花期是一样的。一箱蜂儿一回也就能打个三四十斤的样子。"

"一年的蜂蜜全部卖掉能有多少收入?"

柏亚峰告诉我们,那年,他的蜂蜜收获了五百余斤,收入一万五千多元。这一下就更有了干劲,心里的希望更大了。他把所得资金全部在网上买了蜂箱,那时候一只蜂箱一百二十元,一万多块钱也就买回来一百多只蜂箱,可这就已经足够壮大他的养殖规模了。

买蜂箱是为了蜜蜂更多地繁殖,让蜂儿们自然分群显然已经跟不上柏亚峰准备扩大养蜂的计划。他又去找张林这个师傅学习人工培育蜂王,多少个辛苦的日日夜夜之后,成功将几十箱蜜蜂繁殖到近二百箱。

2016年,柏亚峰收获蜂蜜一千多斤,2017年又收获一千多斤。到2018年,他除了出售蜂蜜,还积极响应产业带贫政策,给县扶贫办出售二百箱蜜蜂,用于资助别的乡镇的贫困户。这一年,柏亚峰养蜂收入达到十多万元,一次性收回了所有投资还有盈余。

"正是2018年那年,我们家就算翻过身了,彻底脱贫了。"一直笑呵呵的柏亚峰开心地告诉我们。

趁着柏亚峰给我们冲蜂蜜水,我提起前面那个"飞财"的话题,开玩笑地问他:"你相信那一群蜂儿就是专门飞来帮助你、扶持你的吗?"

"当然相信!我给你们再讲个故事,你们也就都相信了!"

接着他就给我们讲同村的一户人家,女儿考上大学了,因为家里穷,不一定能供得起。正发愁,院子里飞来一群蜂儿,家人连忙用蜂兜收了养起来,这就有了供女儿上大学的费用。连着养了四年,女儿大学毕业了,那群蜂儿又悄悄飞走了……

神话般的故事,甜丝丝的蜂蜜水,人坐在柏亚峰家开门见山的屋子里,面前时不时飞过几只黄褐色的小蜜蜂,有种置身森林木屋的舒适和惬意。屋子的一角挨挤着十几个蜜桶,全都装得满满的,每桶有个六十斤左右的样子。正在柏亚峰家串门的文书说,今年蜂蜜市场价每斤五十元,这十几桶蜜就是好几万块钱呢。语气中不无羡慕。

进了6月,林口村再往北海拔一千六百多米的木林里和双碌碡两道沟的木香花渐次盛放,花香隔着几里地都能闻得到,柏亚峰知道又到了该给蜜蜂转场的时候了。蜜蜂转场得等到夜里,所有的蜂儿都归巢之后。夜晚逐渐安静下来,估计蜂儿们全部回家了,柏亚峰去把每一只蜂箱的箱门轻轻关上,以防蜂儿们在转场的路上走失。然后跟村里其余的养蜂能手一起,开起十几辆三轮车,当地叫作三马子的运输工具，一次性就把三百多箱蜂儿转移到另一个蜜源地——双碌碡合作社的蜂场。

这样的转场，常常是二十多户养蜂人家合作进行，今天大家一起给这家转，明天又一起给那家转，互帮互助，要不了几天就完成了这个需要耐心的力气活。柏亚峰给我们说，他爷爷年轻的时候拉着蜜蜂赶花场，有一回往岷县赶，居然让几十箱蜂儿在半道跑光了，也是无可奈何。我喜欢他叙述中所用的这个词"赶花场"，多么浪漫和富有诗意！这逐花而行的甜蜜和苦楚，也许只有养蜂人和那些灵性的蜂儿才能真切体会。我只是在一旁就这么听了会儿，却充分感受到了香甜。

说到发展中遇到的困难，柏亚峰和张林的妻子都说，种植养殖都不难，起早贪黑吃苦受累也不怕，现在最愁的是产品的销售。今年由于受疫情的影响，蜂蜜销售量不如往年，就看这个端午节销量能不能上去一点。我建议他们通过电商来销售，柏亚峰腼腆地说，是考虑过这个渠道，只是和人家搞电商的人不熟，去年他就去了解过陇小南电商公司，但终究没敢主动跟人家合作，于是只好自己在朋友圈叫卖，也委托不少亲戚朋友帮助在微信朋友圈宣传。

可以想见，即便微信的功能已经很强大，他和亲友们的微信朋友圈能覆盖到的范围还是非常有限的。想到去年我采访过陇小南的老总赵武强，并加了他的微信，当时我就给赵总介绍了柏亚峰和张林家的情况，赵总很快给我回信说很乐意与之合作，让他们直接找陇小南的田经理详谈，同时又发来田经理的电话。我把赵总的回信转发给柏亚峰和张林的妻子，他们很高兴，说抽空一定去和陇小南商谈合作事宜。在这儿预祝他们商谈成功，合作愉快。

"还有三个月的好光景！等到9月菊满地开的时候，我们的蜂儿就又能好好繁殖了。"开心的柏亚峰站在6月的艳阳天里，笑容满面憧憬着秋季里收获的希望。通过他向往的眼神，仿佛在我们面前已经浮现出一大片一大片黄澄澄的蜜源地，而那些嗡嗡嗡飞个不停的蜜蜂儿，正从一箱变为三箱，再变为五箱。母蜂、子蜂和孙蜂……一代一代，都将成为柏亚峰的林荣合作社中最辛苦也最勤劳的一员。

客履诗怀扶贫路

　　2018年暑假里，得知文友强波被组织委派到礼县草坪乡白碌碡村担任了第一书记兼帮扶工作队队长，隔三岔五地，我就能从微信朋友圈看到草坪乡一尘不染的蓝天白云、碧草如茵的高山草甸、草甸上散落的牛羊以及草坪人的土坯房。乍看上去，强波兄驻村的那个地方的自然风貌好像跟甘南草原差不多，而民居的简陋与陈旧，又与20世纪70年代我们成县乡村的村容村貌相似。给我留下的印象就是，现在的草坪乡，似乎跟眼下的我们至少隔着三十多年的时光。

　　很快，成县几位文友组织起来要去礼县草坪乡看望强波兄，我因为家里走不开，错失了那次前去草坪乡的机会。后来再和强波兄相遇，我表达了自己未能前去草坪的遗憾。强波兄安慰我说，等明年夏天你再来，那是草坪一年当中最美的季节，最好是7月份。眨眼就到了第二年夏天，我因为各种原因仍然未能去看望他，再次与草坪的美景失之交臂。好在强波兄会不断更新他的朋友圈，主要内容依旧多为草坪当地风光、他驻村的日常工作以及有感而发所写的现代诗。

现在大家就都知道了,强波不仅是一名有多年党龄的共产党员,同时还是一位资深诗人。因为他脾气耿直性格宽厚,又是个重情重义的热心人,故而人缘非常好。在成县的文学圈子里,文友们尊称他"强兄",因为除了他比我们略年长,更重要的是他有敢说真话、仗义执言的"大哥"风范。

入驻草坪乡白碌碡村之后,工作之余,强波创办了"草坪记事"公众号,其功能主要发布与草坪乡精准扶贫有关的文学、摄影、书画、民俗作品等。就在强波去草坪乡驻村不久后的 2018 年 10 月份,我在公众号上看到他的诗作《每天,我都是快乐的》:

在贫瘠的白碌碡／我看到种种急切的目光／田间地头忙碌的乡亲／勤劳,本分,实实在在／苦苦守护着大黄、当归、党参／一草一木的灵性／面容鲜活／裸露的愿望／在大地上挣扎／白天,走村入户／交流交心,用心扶心／七十三家贫困户致贫原因不同／帮他们找方法,出点子／一对一解决问题／让扶贫政策在古老村庄／落地生根／夜晚,在离天很近的山梁／我看不到星星的光亮／夜色将我孤独的心逐渐放大／灵魂肆意走动／即使有千万种假说／每天,我都是快乐的用心扶心！这是全诗中最让我感动的一句。因为我自己也是一个包有贫困户的帮扶干部，在我所历经的几年帮扶过程中，感受最深的便是这句话。人与人之间，人与工作之间，只有你用心了，才会换来别人的真心，你所从事的工作才有意义，也才会给你相应的成就感。强波兄初到草坪，是怀着怎样一腔热情，本着怎样一颗初心，才会对这片贫瘠的土地、纯朴的乡亲表露如此真切的关心！而同时他又是何其乐观自信，打算用自己的赤诚和坚守，让扶贫政策在古老村庄落地生根！

《村庄》如此描摹草坪的自然环境和当地人的生存状态：

山梁上，有人居住就叫村庄／这样的村庄，我来过不止一次／来一次，心碎一次／人们不分昼夜，晴天雨天／务作、耕种，身体早已麻木／而心志尚存，意志尚存／日子，总是在路上／蓝天与白云同在／庄稼与土地同在／儿子与父亲同在／古朴与现代同在／陡峭山路与行人同在／昨夜，一场大雨袭来／村庄颤动了一下／被雨打疼的白碌碡／始终没有喊出来／白碌碡同样是祖国的村庄／谁也无法忽视／坚硬陡峭的山脊，青春裸露／贫穷把呼唤变成呐喊／先秦故地上／憨厚朴实的灵魂／总是一次又一次被秋风吹散／大地之上，勤劳的子孙／恪守发黄的习俗／紧握一把脱贫致富的稻草／在崎岖山路上挣扎／潜伏在我的心底的悲悯／开始哭泣至此，在我心中，白碌碡这个村庄的名字，就与强波兄紧紧联系到了一起。常常在深夜，忙碌了一天之后，翻翻手机微信，无意间就看见他在朋友圈所发的图片和文字。生着炉火的扶贫点上，书记强波与村民坐在一起聊天，屋内陈设极其简陋，但每个人脸上却都洋溢着开心的笑。我素来知道，在公众场合，强波永远是一个让周围的人感到可靠放心的人，同时他的幽默和风趣，又极容易营造和谐欢快的氛围。在这样的聊天中，诗人强波收敛了他性格中多愁善感的一面，以其强烈的责任心和担当精神，将党和政府的各项政策宣传讲解给村民们，并引导和开导一些思想落后的群众配合执行眼下最为要紧的扶贫政策。

往往在客人走后，他在发朋友圈时所做的文字注解中，会真诚地表达自己当时的心情，多数时候是高兴和欣慰的。尤其通过政策宣讲做通了群众的思想工作，进而解决了扶贫工作中的一些难题时，他会通过图片和简洁明了的几句说明表达自己对这份工作的热爱和对白碌碡村的乡亲们早日脱贫致富的期待。我发现关注他朋友圈的人还不少，大多是陇南文学圈里的朋友，他们在强波的微信朋友圈有各种各样的留言，内容不外乎嘘寒问暖，或者对他的扶贫工作表示赞赏和支持。我不止一次看到每当他发一条朋友圈，都会掀起一阵小小的热闹，文友们蜂拥而至，争着抢着关心问候强波，并有不少人表示要向他学习。

忠厚诚恳的强波兄，常常会不厌其烦逐条回复朋友们的留言，他的语气中，分明流露出一个人身处异地他乡却能得到那么多朋友关切的由衷的高兴。想来在高寒阴冷的草坪乡白碌碡村，身为书记又是诗人的强波，一定会把来自远方和故乡的问候当作明亮的炉火，照亮信念也温暖诗心。

春天来到草坪乡，春风吹开了白碌碡村的苦梨花，接着洋槐花也陆续开放。强波会在他的朋友圈里，将他眼里的美拍成照片或写成诗句发出来。可以这样说，谁想要了解礼县草坪乡白碌碡村，只需和强波成为微信好友即可。在他那块虚拟的网络地盘上，朋友们可以真实地看到那儿一年四季的风物，感受到当地人简单朴素的生活，甚至当地民风民俗，以及这几年通过扶贫工作带来的山乡巨变。

时间久了，草坪乡在我心里成了扶贫路上的一个文化符号，而白碌碡村则是强波诗意栖居的所在。去草坪，去白碌碡，去看望诗人强波，成了我年年夏天的一个念想和期待。

今年7月份，我随礼县赵文博先生参加西北师范大学历史学院在礼县雷坝镇甘山村主办的秦文化论坛，到甘山的那天清早，收到采写组负责人武诚发来的礼县扶贫办"2020年陇南市脱贫攻坚主题文艺作品创作重点采写对象推荐表"，其中帮扶干部一栏中头一个名字就是强波，其身份为"中国电信甘肃分公司驻草坪乡白碌碡村干部"。也就是说，今年我们无论如何得去一趟草坪了。这真是让

163

我感到万分高兴的事情，对我来说，既可完成采写任务，又可了却自己这两年来的一个心愿。

　　从甘山回到礼县县城的那个晚上，我极其高兴地联系了强波兄，告诉他，不日我们将去草坪乡白碌磲村看望和采访他。他表示非常欢迎，也很高兴，但仍然不忘谦虚地问，怎么还把他也列入了采访对象，仿佛他觉得自己还不够资格似的。其实就在拿到这份推荐表之前的 2020 年 7 月 4 日，陇南市在表彰脱贫攻坚帮扶工作中表现突出的驻村工作队员时，强波就是第一批被表彰的人员之一。低调的他在这件获得肯定和荣誉的事情上并没有发朋友圈，要不是采写对象推荐表中有对他个人的介绍，我还真不知道有这样一个好消息。

　　那天和强波兄的微信聊天中，他告诉我草坪第二季的油菜花和漫山遍野的杂花儿开得正好，并且还有晚熟的瓢子可以吃。这让我对草坪的向往越发强烈，遗憾的是一场雨先于采写组其他成员抵达礼县，并且连着下了三天。在礼县等天晴的那两天，真正体会了什么才是天不作美！我们已经把别处的采访任务都完成了，天气还没有要晴的样子。而强波兄随后又一再叮嘱我说，一定等天晴再来草坪，雨天上山的路很危险，安全第一！

　　最终，我们在失望中冒雨返回了西和县，草坪之行又成了一句空话。作家王凤文看我闷闷不乐，安慰我说，咱们不是还要去武都采访嘛，到时候可以从半道上再去草坪，相比从礼县城去草坪的车程还要稍微近一点。也罢,事已至此,只好再等机会。

这一等又等到一场百年不遇的大水灾,我的家乡陇南境内八县一区的美丽乡村,遭受了不同程度的洪水肆虐,礼县草坪乡白碌磗村也不例外。我从微信朋友圈看到强波兄在水灾后的第一时间就在现场参与清淤和扫除路障,并无限感慨也无比乐观地发了条说说:"灾情面前,语言显得十分苍白。没有选择,我也干不了什么大事,只能组织群众开展自救。"

我曾经这样想,对于一个有较强事业心的男人来说,驻村工作中的困难可能都不算啥,唯一让人为难的可能就是要亲自打理平常的一日三餐。当日在成县县城的家中,强波可是一门心思干工作,洗衣做饭等家务活自有妻子打理,可自从驻村帮扶之后,这些事儿也必得他亲力亲为。他曾在微信朋友圈发过自己擀的面条、蒸的馒头和烙的饼子的照片,看上去还都做得有模有样,颇能勾起人的食欲。这让我对他有了新的认识和了解,也承认一个事实,那就是但凡大事情做得好的人,即便是别人不屑一顾的生活中的小事儿,他也一定会很认真地去做,并能做得很出色。

一天天地,在未能去草坪的日子里,我在手机微信上关注和了解着草坪,同时被强波兄在草坪乡白碌磗村忘我的扶贫工作所感动。有一阵子我常常想,一定要约几个文友去犒劳犒劳他,知道他爱喝酒,而草坪的高寒,正适合用烈酒来抵御。我甚至都准备好了红川酒,只需要动身即可。

国庆前有天午后，仍然是在微信上，我看到强波兄从礼县草坪乡回到了成县，得知他这次长假会在家里待几天，我立即跟他约定，先去他县城的家里采访，待有机会再去草坪实地考察。9月28日晚，我请同楼的文友丁磊给我带路前去拜访他，走到半路，就接到诗人王鸿翔的电话，说他已经和强波在家里等我好一会儿了。去了之后我才知道，其实我们两家离得并不远。在他们家宽敞明亮的居室里，我们几个听强波兄讲述高原的美、白碌磜的神和扶贫的难，唯独没有提他自己在那儿的苦。

说到去草坪乡扶贫的缘起，强波兄坦言相告，自己是在红川下乡发展业务的中途接到单位电话，被告知组织上拟委派他去礼县驻村帮扶，同时征求他个人的意见。务实的他在电话里问清楚个人意见起作用的比率只占百分之三十，就是说即便自己表示不乐意，却也不一定就可以不去，何况作为一名老党员，他明白组织的命令大于一切。什么也没有多说，强波就答应服从组织安排。同时，他心里也有个自己的盘算，作为60后的他，虽然在单位面临退居二线，但他仍然想多发点光和热，尤其是他目前并无任何家庭负担和思想顾虑。再则，身为诗人，多年来忙于工作和生计，一直缺少比较安静的创作环境，他想利用这次驻村帮扶，换个环境，摆脱干扰，安安心心搞创作。在他的计划中，三年帮扶工作结束，他一定要以精准扶贫这项浩大的惠民工程为题材写一本书。这样决定了之后，回家收拾好行装，强波就离开自己工作多年的成县电信公司，于接到通知的第二天，辗转240多公里路来到了草坪乡白碌碡村。

强波兄这么告诉我，当车子蜗牛般爬上草坪乡陡峭崎岖的山路时，他这个曾经驾车跑遍了家乡山山水水的老司机，也不由得手心里捏了一把汗。天空异常高旷，云雾缭绕中的千岩万壑簇拥在一起，那是怎样的一程路啊！一会儿蜿蜒盘旋，一会儿峰回路转，越往上，越峥嵘险峻，坐在车内的人，几乎不敢往车窗外看。

在这个最高海拔达到3200多米的高寒山区，书记兼队长的强波找到了自己的驻村点——白碌碡村两委办公室。放下行李的那一瞬间，环顾陋室内陌生的物件，回想来时一路上的惊悚，他的心里忽然有了一丝怅惘。尤其是在送他的同事和迎接他的镇村干部都离开之后，强波越发感觉到这个地方的冷清，和之前在成县的工作与生活环境相比，说这儿太艰苦一点都不为过。想想从今往后，自己将要在这儿度过三年时光，善感的诗人强波心里感慨良多。自己动手草草弄了口吃的，睡觉还早，他随手翻阅文件和资料，开始了对草坪乡白碌碡村的初步了解。

在地处草坪乡东北部的白碌碡村，有6个自然村7个村民小组，168户668人，常住人口153户537人，属礼县境内深度贫困村。全村有耕地1601亩，人均耕地面积2.4亩，主导产业有大黄、当归、党参、蚕豆种植及劳务输转……

在一下子还不适应环境的辗转反侧中,强波度过了一个孤单寂寞的夜晚。可是第二天,当太阳从山巅升起,百鸟鸣唱,霞光染红天边的云层,他的心一下子又被起初的希望充满。多么安静美丽的小山村啊!这不就是自己想要的诗和远方吗?

不过,眼下还不是吟哦抒情的时候,他急需在实际的走村入户中深入了解白碌碡村的村情村貌。从第一村民小组苟家山组往第七村民小组何家沟组的路程,有二十多公里,得走大半天才能到。多年在企业从事工作,很少接触行政业务的强波兄,对跟老百姓打交道的农村工作感到格外新鲜。诗人一颗火热的心,一边沿途欣赏不同于家乡的高原景致,一边鼓励自己不要惧怕这里的山路弯弯又长长。就这样每天几十里路的奔波,倒也没有觉得特别辛苦,乐观的强波兄,只当是在草坪来游山玩水。

在将白碌碡村的七个村民小组都走访一遍之后,强波发现在这里,手机只有五个组能接听,另外两个组接听不到。群众盼望着手机能上网,也盼望着通过电商把村里的山货卖出去。亟须解决的通信问题,成了强波最为关注的事情。他积极向省电信公司专题汇报,省公司领导十分重视,2018年11月5日,省电信公司专门派设计院技术人员对全村7个组的光网线路进行补配,实现电信光网全覆盖。2019年3月,架设电信光缆七公里,专门为何家沟组二十二户人家建成一处电信 4G 拉远站，从此实现通信技术覆盖，村民们用上了百兆光网宽带。

利用行业优势进行网络扶贫，强波在这两年多时间内为白碌碡村办了许多实事。2018 年，干旱灾情导致白碌碡村蚕豆、土豆严重减产，有的农户甚至绝收，这对本来就贫困的白碌碡，无疑是雪上加霜。强波逐户了解，深入田间地头实地排查摸底后，将受灾情况及时上报省电信公司，申请专项帮扶资金 10.8 万元，对全村 168 户人实施蚕豆、土豆种子以及专用化肥帮扶补贴，真正让农户享受到帮扶单位的温暖。

随着对当地情况的熟悉，强波逐渐了解到，同样在草坪乡，别的村子开个会只需要半天的工夫，而在白碌碡村，一个村民大会得分三次在三个场合开。常常是在第一和第七村民小组各召开一个会议，然后再把第二、三、四、五、六这五个村民小组的群众集中起来召开同样内容的会议。每开一回会，他和镇村干部都要在三个住宿点各住一晚上，别的村一次就能解决的政策宣讲工作，在白碌碡村就得三次或者四次才能宣讲到位。

为加大扶贫政策宣传力度，使政策能更加深入人心，强波通过村民大会、分组小会、扶贫夜校等形式，让贫困户知晓自己所享受的扶贫政策，做到扶贫政策家喻户晓，人人皆知。在软件建设上他一丝不苟，进一步完善基础资料，做到台账、资料数据口径统一，账实相符,"一户一策"、帮扶计划动态管理,并一一对应具体的落实措施,让"帮扶谁""谁来帮""怎么帮"的工作机制落到实处。作为文化人的他,发挥自身优势,编写以爱党爱国、遵纪守法、移风易俗、礼义廉耻、敬老爱幼、爱护自然为主要内容的《村规民约》和《村民守则》,并在各种会议上进行宣讲。他还在微信公众号"草坪记事"上创作发表有关草坪的文章、诗歌一百六十篇(首),大力宣传草坪风土人情和精准扶贫成果。

  白碌碛村偏僻的地理位置,艰苦的自然环境,导致当地群众生产生活习惯落后。加之信息闭塞,很多村民竟然都不愿意去往银行存钱,而是将现金缝在被子里,或者为了防火而存放在缸里。强波在扶贫夜校的宣讲工作中,除了普及政策,着重从思想上移风易俗,一点一滴给群众灌输新的生活理念。终于,纯朴善良的乡亲们接受了把钱存进信用社的建议,这个巨大的变化让强波感到自己在夜校的苦口婆心总算没有白费。但是关于存钱,接着又闹了笑话。村民老何,在把一千元现金存入信用社时,是信用社职工老李给他办的手续,时间不长,老李退休回了家,老何再去信用社,发现给他存钱的那个人不见了,一问,说是退休回家不会来了,老何当场大哭,说他的钱肯定被那人拿走,再也要不回来了。信用社职员再三解释,老何半信半疑,他赶紧回到村委会问强波书记,经过强书记耐心解释银行存取现金的程序后,老何才放心地回了家。

强波兄所做的这一切,让我想起曾经在他的微信朋友圈中看到的一句话:"真正值得纪念的,不是你能给人一些物,而是你能为别人做些事!"他这并不是说空话,事实上在他驻村帮扶的两年多时间里,他还真是说到做到了。

在强波的积极协调下,甘肃电信平均每年对白碌碡村帮扶资金达到30万元,用于环境治理、产业发展、拆危治乱等各个项目。两年多来,为村里安装太阳能路灯30盏,修建垃圾池8座,使白碌碡村的美化亮化工程上了一个新的台阶。同时又弥补了缺项短板,扩大了政府扶贫项目涉及面,延伸了帮扶成效。

如今的白碌碡村,已经告别了从前的脏乱差,村容村貌焕然一新。从强波兄所发的图片里我看到,第一村民小组苟家山组变得像城市里的花园一样。村道旁刚刚修建的栏杆、石头垒起来的村庄护坡和各式各样的花坛、用清一色的石头砌成的房屋地基石墙,看上去古朴大方,十分美观。用他的话说就是"这里的石头会说话",它们凑在一起说着白碌碡村在这场声势浩大的扶贫工程中日新月异的变化。而第七村民小组何家沟组,因溪流清澈林木茂密,本就有一番天然美景,加上这两年为美化村庄建了几座别致的凉亭,在强波眼里则是白碌碡不可多得的旅游胜地。他拍美图发朋友圈,一边记录白碌碡村的变化,一边表达自己对这个地方的喜爱,他在那儿工作,同时也享受美丽乡村的胜景。就像一个地道的白碌碡村村民,强波有时候感觉这就是自己的家乡,他在这里流汗吃苦,也在这里体验生活,他的爱和牵挂,同时在这里生根发芽。

两年多的扶贫生涯,让强波感触颇多。为了扶贫济困,为了拆危治乱,为了发展经济,他碰过壁,挨过白眼,这一切却很少动摇他坚定的信心,也从未扑灭他火热的激情。在拆危治乱工作中,他经常坚守工作一线,白天紧跟进度,叮嘱安全生产,夜里入户动员,做群众思想工作,常常加班到深夜,反复填表、核准数字。功夫不负有心人,最终强波赢得了村民的信任与支持,那些让他遭受过冷遇的乡亲,后来反倒成了最为关心他和愿意与他交心说话的人。随着群众基础越来越好,强波所做的工作屡屡受到上级领导的肯定。有几次他去乡政府开会回到村委会驻地,发现门口放着村民送来的土豆和腊肉,感动和温暖中,他很想知道是谁给他的这份心意,可向周围的村民去打听,却都说不出具体的人。乡亲们这么给强波说,不管谁拿来的,都是咱白碌碡村人的情分。

按照驻村帮扶工作要求,帮扶队成员每年驻村时间必须达到160天,而强波在2019年实际驻村263天,2020年前9个月已实际驻村207天,远远超过了工作队的要求。不仅如此,2019年5月,他八十岁的老母亲不小心摔伤腿骨住院治疗,得到消息后,强波请假连夜赶回成县照顾住院的母亲。自从父亲去世之后,母亲成了他最不舍的牵挂,作为兄弟姊妹中唯一的儿子,照顾受伤的母亲,强波责无旁贷。可是，就在母亲手术后还没有拆线，仍然需要陪伴和照料的当口，强波接到通知，自己所驻村即将开展"回头看"检查验收，他不得不离开躺在医院病床上的老母亲返回白碌碡，投入紧张的工作。那天夜里，他含泪写下了令人内心发疼的诗句：

把思念留在远方／我已割舍了生活中大部分温馨／八十岁娘亲躺在病床……我在白碌碡的日暮里／内疚的心，被雨水湿透……

强波兄还告诉我，遥远的白碌碡村，海拔两千七百多米的高原上，乡亲们相信万物有灵。他们每干一件自认为重要的事情，都要去请求神灵的示下，希望神灵来给自己指定黄道吉日，俗称"看天数"。大到修房舍、建圈、寻找走丢的马和牛，小到从猪圈起粪土、去镇上赶集等，全都要看个天数。白碌碡村的乡亲们把能够给他们看天数的人尊称为先生。他们认为先生完全能够代表上天和神灵。任何自己不能预见结果的事情，一经先生看天数，保准清吉平安。至于走丢的牲畜，也得请先生打卦，才知道在哪个地方能够找回。

因为悠久的习俗，乡亲们心存敬畏，村里从来没有偷盗行为。强波颇有些自豪地说，在白碌碡住家，你无须给家门上买锁，因为用不着，谁家都是出门时只需用一小段树枝别到门环上，防止野物闯进门就行，人和人之间几乎不设防，任何一个走路走渴了的行人，可以随意进到人家屋里去烧水喝，只要你走时仍然把门用树枝别上。

一直在旁边和我同样认真听强波兄讲述的诗人王鸿翔，这时候也插话说，他去白碌磄村的那回，一拨朋友跟随强波兄在山中游玩，口干舌燥之际，刚好走到一户人家门前，强波领他们推门进去，只见屋子里火塘上的烧水壶哧哧冒着热气，男主人在炕上呼呼大睡。听到有人进屋，炕头睡觉的人也不睁眼，迷迷糊糊招呼来人，说你们来了呀，好得很，壶里有开水，自己倒了喝！说完就又鼾声如雷睡了过去。

一瞬间，我忽然觉得白碌磄这个高原上的村庄，它其实就是我从未到过然却时时向往的桃花源。强波听我如此比拟他驻村的那个地方，很高兴地接着说，在那世外桃源般的地方，还有个非常奇特的现象，就是在白碌磄村那人人相信万物有灵的地方，却找不到一处神庙。乡亲们在心里敬奉自己的神灵，他们不像别处的善男信女在烟火尘世深处修建神庙，而是请神灵居住在心里，给自己的心灵一个实实在在的寄托。乡亲们但凡要做点事，必得在心里许一个愿，事成之后将许给神灵的羊呀鸡呀杀掉，请左邻右舍一起下酒吃掉。这些风俗当中，最让人感到神秘的是，白碌磄村的乡亲们杀猪的时候，一定要预备几张白纸接点猪血烧掉，既表示对被宰杀生灵的祭奠，又认为只有这样，第二年再养猪，才能保证不生病不遭猪瘟，一气呵成养头大肥猪。这个风俗在白碌磄村被叫作"染血纸"。

靠天吃饭靠种药材为生的白碌碡村的乡亲们，受制于粮食和草料的匮乏，从老祖宗时就有个约定俗成的习惯，每年秋收结束，村民们会把牛羊骡马放逐山野，在数十里的高山草甸之间，无人看管，任其自觅食物生存。等到第二年春耕时，村民们又各自寻回自家的牲畜犁地耕田。没想到的是，2018年冬天的一场雪，足足下了三天，积雪没过膝盖，草坪乡的沟沟峁峁深陷于大雪覆盖的死寂当中。那些在外面放养有牛羊骡马的人家慌了神，谁都知道这个时候要是不把牲畜寻找回来，它们就会被冻死饿死。作为村上的第一书记，强波了解到这个紧急情况之后，立即召开村干部会议，利用"乡村大喇叭"敦促和发动村民及时寻回牲口。他和包村干部井泽，村干部杨海平、尹福德等人，带领村民走进茫茫大雪，去寻找牲畜。一群人从白碌碡出发，沿着王沟、香山后梁一直到红花湾，顶风冒雪，爬山过水，一路上遭受了大半生都不曾遇到过的冷冻折磨和艰难曲折。当村民的牛羊骡马一一寻回后，他和乡、村干部们才放心地松了一口气。回到村委会驻地时，冰雪裹满了他的裤脚，几乎冻僵麻木的双腿，在一炉旺火的烘烤下，才慢慢恢复了知觉……

　　诗人的心，也在这一瞬间苏醒。回味之前的雪地经历，强波一口气写下《马的宿命》：

或者战死疆场／或者累死路上／白碌碡的马／属于春种秋收的

土地／年复一年／在峭壁上寻找回家的路／辽阔的草场成为梦想／高原苍茫，草场在云里雾里／孤独的马远离村庄／一匹，两匹，十几匹／集结成群／一个又一个微小的黑点／填充视野／生在高原，死在高山／尸骨被干瘦的秋风掩埋／多一具尸骨／年龄就增加一岁／秋天深处／寒风从大阳山北面插过来／无坚不摧／一场大雪铺天盖地／封冻了草场／低沉的马蹄声／不再是村庄动听的声响／失去耕种机会的马匹／被迫走进草原／徘徊，往返，寻食枯草／一种失去草料的自由／一种失去束缚的自由

灵感的源泉一旦打开，诗人情思奔涌，一发而不可收，就在炉火渐冷的驻村点上，夜深人静之时，强波兄在《起风了》这首诗中如此剖白自己的心迹：

风在吹，很冷。风再冷／都被我一口一口咽下／锋利的刀子，剥开胸膛／敞亮出一颗生动的心／悲悯，仁爱，鲜活，忠诚

蓦然袭来的一丝孤独，让他作出《在白碌礴想起我的兄弟》：

自从走上白碌礴／我的世界就变得萧条了许多／在这里／我有足够的时间／想我的兄弟……在白碌礴，我时常想起我的兄弟／因

为酒，因为诗／或者：情义，道义，廉耻

  还有《草坪牌夜宵》如此委婉却直击人心的表达：

  用天然菜籽油炒面／加入杏仁，花生，豆腐丁／少许姜末，食盐和花椒／无须味精／放入剥皮鸡蛋一颗／大火熬制半小时／我姑且称其为草坪牌夜宵／也许，这已经很奢侈了／今夜，孤独比饥饿更难熬

  数不清多少个这样的夜晚，诗人强波用文字抒发和缓解了心中难以名状的孤独和怅惘，而当太阳照常升起，白碌碡人家的瓦屋上渐次冒起炊烟，前夜的诗人又回到第一书记兼工作队队长的身份，他深知扶贫仍然任重道远，容不得自己日夜沉浸在诗歌的世界。
  今年3月，陇南市委组织部挂牌督战，给白碌碡村决战决胜脱贫攻坚提出更高要求。面对村庄美化亮化，人居环境改善，群众思想意识改变的艰巨任务，作为第一书记的强波，在乡党委、政府的坚强领导下，迅速整合"三支队伍"力量，结合本村人口居住分散的实际情况，采取分组分工，细化工作，党员干部带头，发动群众义务投工投劳等措施，第一时间实现了全村五个组危房清零，并打通苟家山由东向西的道路一条，拓宽道路两条。由于组织有力，全

体村民热情高涨，义务投工投劳 600 多人次，为白碌碡村美丽乡村建设奠定了坚实基础。

在培育发展产业这个脱贫攻坚的核心工作上，强波向群众积极宣传县上出台的劳务输转奖补政策，前后动员 118 人赴新疆、甘肃、北京和周边县市等地务工。同时，他积极动员群众增加大黄、当归、党参等中药材种植面积，并鼓励农民购买中药材保险。今年全村中药材种植面积达到 1300 亩，比去年增加 200 亩。

白碌碡村所产的大黄、当归、党参、蚕豆等品质非常好。但是，由于信息闭塞、交通不便，这些宝贵的山货多年来处于"养在深闺人未识"的境地。偶有外面的药材商贩进山来收购，也是把价钱压得很低，乡亲们因为不了解市场行情，由外来商贩给他们辛辛苦苦种植的药材和农作物定价，抱着能多少换几个钱就好的态度，几乎年年都把宝贝给贱卖了。见多识广有主意又事事能为乡亲们操上心的强波，分别于 2018 年秋季和 2019 年秋季两次去岷县的中药材市场做调研，同时跟岷县"陇萃源"中药材信息平台建立了联系。这样便可以随时了解中药材市场的动向，掌握药材价格，并将这些信息通过建立微信群的方式发布给本村村民，从而避免了乡亲们再被外面的药材商贩所欺骗。

可是光有这些信息还不够，还远不是强波这个资深电信人心中所想。眼下的他，有一个全新的计划，那就是更进一步发挥电信行业优势，在草坪乡设立电信扶贫电子商务示范店，开草坪乡电商之先河。他要把草坪这块土地上所产的土特产带上精美的包装，再通过电商卖出去，卖到更远的地方，让更多的人知道草坪，爱上草坪的这些宝贝。当然，最终目的是达到草坪土特产销售的利润最大化，增加乡亲们的收入。

就在不久前，强波已经物色好了一个经营电商的人选——毕业于陇南师专电商学院的王路军。这个土生土长的草坪乡的孩子，成立了礼县王路军种植养殖农民专业合作社，并注册了"高山农珍"商标。信心满满的书记强波，亲自动手设计了土蜂蜜＋当归＋党参的"草坪三宝"包装袋。朴素的牛皮纸袋上印着草坪三宝的二维码，两棵鲜嫩的党参植株像二维码的翅膀，蜜蜂舞动在"高山农珍"的商标中间，包装袋简单大方，跟设计者的纯朴厚道很般配。

说起白碌碡村的乡亲，强波就像回到自己村子里一样。村东的杨仁贵、村西的尹老三，他们在拆危治乱工作中给全村人带头做过榜样，上了光荣榜；一些死脑筋的难缠人，自私自利的"疙瘩汉"，让强波书记差点磨破了嘴皮……

贫困户张善善，与他的智障妻子育有一儿一女，一家四口生活在两间黑乎乎的危房中，吃穿用度全靠低保金来维持。2018年，十三岁的女儿张小丫因为家贫辍学。强波了解到这个情况之后，多次去张善善家做工作，动员孩子去学校上学。可那个一贫如洗的家、家中连一顿饭都做不熟的女主人，以及笼罩在那个贫寒之家的令人窒息的压抑，都让强波那颗善感的诗人之心感到强烈的刺痛。了解张善善家的状况之后，他立即和村干部开会研究，对张善善家采取社会兜底政策。半年之后，乡上为张善善家新修了三间安全住房，外带厨房和厕所，同时配备了相应的家具及生活用品等。可因为长年累月养成的习惯，这家人在卫生方面特别不讲究，屋子弄得一片脏乱差。强波只得有空就去他们家，送去全新的被褥被套，亲自帮他们打扫卫生，教会张善善的孩子帮助家里做些力所能及的家务活，同时将张善善儿子张小危的名字改为张小伟。用强波的话来说，本来一贫如洗的家，难得有个机灵孩子，名字中却带着个让人一看就不喜欢的字眼，改"危"为"伟"，一字之变，就有了大不一样的意思，他这是希望张善善家能通过下一代的自强自立改变这个家庭的命运。

　　从张善善家出来，在村口遇见一个八十多岁的老太太，强波想起自己的娘亲，不由自主走近前去和老太太拉起了家常。那天回到驻村点上，他随手就将当日的情景用诗歌记录了下来：

　　我和她，坐在石头上拉家常／八十七岁的老太太／耳不聋眼不花／关键是：她也清楚"两不愁，三保障"／当我说起"拆危治乱"／她激动地说：好事啊，把那些／让人操心的垮房子都拆了／大人娃

娃都安全／突然感到，在白碌碡／我没把时光浪费

可以这样说，强波与白碌碡，在近三年的朝夕相处中互相成全了对方。白碌碡给予强波无穷无尽的诗意，而强波则用他一个异乡人的脚步和不忘初心的情怀来作为一份报答。在他以《倒计时》和《检查和督查》命名的两首诗中，他这样给白碌碡以诚挚的表达：

每次去乡上开会／我都会看见好多数字／让我感到紧张的是／电子屏显示的倒计时／8月17日／脱贫攻坚倒计时868天／在我眼中／这不是数字／是一把利剑

每一级领导来检查／方法都一样，无非是／看墙上的制度／看表格上的数字／看纸上的措施／看驻村干部的锅碗瓢盆／细致，扎实／甚至刻薄／检查的队伍一天比一天多／督查的领导级别一个比一个高／脱贫攻坚的步伐加快了／对我而言／所有的检查都是多余的／良心，是我眼中最大的官／他时刻督查我的行为

当初要写一本扶贫之书的宏愿犹在心间，三年扶贫路却已经快要走完，草坪乡白碌碡村第一书记强波、工作队长强波、诗人强波，在他成县县城的家中，给我们几位文友讲述了一些他在白碌碡村的

扶贫经历。得益于他较强的口头表达能力,我们在他的叙述中神游了一番草坪乡和白碌碡村,认识了那片土地上从未谋面的一些人。这一切,再次引动我想去草坪的强烈愿望。再一次地,强波兄依然诚恳地给我们发出邀请,等天晴了我们就去草坪,只有亲身感受了,才能知道草坪的美和它巨大的变化。

连绵不断的秋雨,将国庆长假的日子淋得又冷又湿,看来近期去草坪依然无望,我开始着手完成这篇采写稿。记录的过程中,强波兄却已经冒雨在返回白碌碡村的路上。那么,就让我在这儿,用他的诗《在路上》作为这篇文章的结束语:

我在蜿蜒山路上往返已久 / 不知道究竟能走多远 / 迷茫中,欢乐和忧伤都在路上……白碌碡的每个夜晚 / 都在一张白纸上度过 / 我坚信,我不是叛逃者 / 我只是一个怀揣悲悯的行者 / 用慈悲之心涂抹贫瘠的土地 / 也许,高过初心的大愿 / 一直在路上

丹堡镇扶贫采访小记

采访组抵达文县的那天，晚饭后我们和宋彬、罗愚频、宋付林、小米诸兄沿白水江岸边散步。付林兄指着江边几处仿古建筑和整齐的绿篱带告诉我，现在这个地方被称作文县的江南公园，是城里人晚饭后纳凉消闲的好去处，欢得很！

"欢得很"自然指的是欢歌劲舞的健身队、把自己进视频倾情演唱的直播歌手、一团和气携手散步的老年人以及笑闹着的孩子们。可除了这些，在我看来欢得很的还有奔腾不息的江水。因前夜下过暴雨，江水浑黄，却更有气势。我喜欢这座小小山城，就是因为有这条江水穿城而过，小城里几位老朋友热诚率真且酒量过人，我常觉得极与这条江水的滋养有关。

此时，我们主客一行正是于微醺中漫步江岸。罗愚频兄听说我们明天要去县城南部的丹堡镇采访，即刻就给他的朋友何国祥——丹堡镇党委书记打电话约定接待陪同我们的时间。因为近前，我能清楚听到对方说话的声音很大，那份热情和豪爽，简直就像也刚喝过半斤红川酒一样。

　　一般酒后的约定，谁也不会太当真，我亦如是。因之第二天在丹堡河边"何宗韩故里"的刻字石边见到已经等我们好久的何国祥书记时，我忽然为自己并未真正相信昨夜的约定而感到惭愧，更因为采访组路况不熟以致姗姗来迟而感到分外内疚。大块头相貌敦厚的何书记跟我们简短打了声招呼，就上车在前面领路，一径朝丹堡镇前山村直奔而去。按照县扶贫办的安排，我们这次的采访对象是丹堡镇前山村的贫困户刘卫全。

　　山路盘盘，山路弯弯，两辆车子一前一后相跟着逶迤而上。随着山势渐高，平坦的路面在视觉上变得狭窄，重重叠叠的群山仿佛自己在移动，将我们一层一层往高处推送。云彩远远地退到山后面，极其妩媚地在蓝天和黛青的山峦之间变幻流动，天气好极了。这是立秋后一日的伏天，蝉鸣如潮，感觉耳膜快要不堪重负时，车子忽然停到一处蝉声渐弱的地方——丹堡镇马家前山万亩核桃花椒示范园。

　　戴着顶草帽的何国祥书记领我们站在山巅往下看半山腰丘陵地带的花椒园，因为远，看不到正在采摘期的红红花椒，只有数不清的椒树遍布田野，像黄土地上升腾而起的绿云，的确蔚为壮观。回过头来往回又走了几步，人就被浓烈的椒香包裹，眼前一大片果实累累的花椒树，有人在树旁摘花椒，速度极快。我用手机拍了几张花椒特写，画面一片红彤彤。何书记给其中一个摘花椒的中年男人说：

"老刘,市上的作家今天是专门来采访你的,赶快把你这几年种花椒养猪养鸡脱贫致富的经过给大家讲一讲。"

老刘丢下手里的活儿,跟我们一个一个握手打招呼,然后给妻子和帮忙摘花椒的另外两人说,那我回去了,你们先摘。何书记一看树下有个背篓,说要不就坐在背篓上,现场采访,也少耽误你干活?老刘却执意要请我们到他家里去,说地头没有啥招呼客人。说完就头也不回在前面领路,我们赶紧跟上去,顺着来时的路一径往下走。路旁山崖上盛开着大捧大捧的两头毛,跟路边的野棉花一样都是粉紫的颜色,阳光下带着淡淡的秋意。

老刘走路很快,我们跟着他七拐八拐,就到了他家的房背后,看见一棵树上倒挂着几块石头和一个小小磨盘,我被这个景象吸引,以为神奇,何书记告诉我这是在用重力拉拽制作打核桃的木杆。过不了几天,这儿的核桃就该成熟了,今年雨水丰沛,核桃丰收在望。何书记走路快,边走边答应地头摘花椒村民的问候,感觉这儿的每个人都认识他。忽然他发现一簇开得正旺的两头毛,不由得停下脚步去拍照,坎上干活的农人大声请他去家里喝茶吃饭,何书记摘下草帽来告诉人家,今天顾不上,下回吧,你好好摘花椒,这天气,干活要赶时辰呢。

蜿蜒曲折的水泥盘山路在阳光下一片耀眼的银白,我们直感叹如此高的山上,能修这么一条宽阔平展的水泥路确实不容易。何书记回头问我们，上山时数没数拐了几道弯？这下还把我们给问住了，只记得当时坐车里感觉路越走越窄也越陡峭，我们有点紧张和担心，我就算胆大，也只忙着隔车窗拍山顶的云彩，哪里还顾得上数几道弯。何书记就认真告诉我们，这条上山的路，总共有二十四道拐。啧啧，难怪差点晕车了呢，我心想。

同行的两位男士问何书记，这么长这么多的拐弯，修路一定不容易，少说也得上百万元的经费吧？何书记就呵呵地笑了，他说哪儿来的上百万元，这条路总共就花了十万元，还多是他求爷爷告奶奶拉来的赞助，当时这条路就没有列上项目，谁都不看好，都以为是难以修通的路。"可我这个人偏不信，越是难我越是要挑战，于是就硬着头皮领着大家较了个劲，修通了这条产业路，事实证明我做对了！你们看看这满山架岭的花椒树，树下面套种的黄豆、辣椒和蔬菜长得多好！要没条好路，这些山地照样还得撂荒，乡亲们照样得穷下去，打工虽然能挣几个钱，总不是长久之计，农民靠种地发家致富才是正路子。现在好了，山下的人家上山种庄稼收庄稼，骑辆摩托或者电瓶车，要不了二十分钟就能来，以前上趟山一走就是一两个小时，走路都把人累趴下了，哪里还有力气干农活。"

何书记接着说，马家前山是丹堡镇的深度贫困村，全村一百零六户人家，有五十五户就是建档立卡户，贫困发生率比较高。在没有这条产业路的时候，山上的乡亲很多都把承包地丢弃了，全都跑去外面打工，一家老小租房子住进了城里。自打 2015 年我们筹备修路，到路修通后又着重发展产业的这几年间，乡亲们又陆陆续续回来了，这山前山后才渐渐又有了人家和炊烟。几句话说得动情，也透出满满的成就感，这个老农一样的乡镇党委书记传达给身边人的亲切质朴，让人恍惚觉得面对的就像是自己长期生活在农村的老大哥。这个老大哥跟地头劳作的人又那么熟络，仿佛他就是这马家前山的一个村民。

说话间就到了刘卫全家里，真是地道的山里人家，几间土坯青瓦房背倚公路下面的土坎，面朝连绵不绝的青山。不大的小院被粉刷一新的围墙（当地人叫照壁）包围，小狗在院门口汪汪叫，院子里晾晒着刚摘来的花椒。进门屋里沙发茶几桌椅板凳齐全，几样家电也摆放得正是地方，一看就是会过日子的人家。屋里热，我们索性出来坐在房檐下的矮几旁聊天。刘卫全忙前忙后倒开水，还拿出几瓶矿泉水来请大家先喝点解解渴，天实在是太热了，毕竟还是三伏天，文县又是全陇南夏天最热的地方，瓶装矿泉水喝到嘴里一点都不凉，像温开水。

今年五十四岁的刘卫全说他是前山村上社组村民，家里四口人，他和老伴及两个儿子。俩儿子还都没有成家，结伴在西安打工。我问那刚才在地头摘花椒的年轻人是谁，刘卫全说那是他雇来的帮工。就是说，这个当年的建档立卡户，如今已是自己脱贫并可以带贫的富裕户了。了解的过程中，不出所料刘卫全和许多建档立卡户一样，通过政府的帮扶和自己的努力找到了致富经。刘卫全说他如今靠所种植的二十亩花椒，椒树下又套种蔬菜及其他农作物，另外每年养六头猪，年收入近二十万元。这几年的收入主要供两个儿子上大学，现在娃娃们打工能挣钱了，却还面临着娶妻成家，他和老伴趁着还能干，想给娃们多添补一点，这不，后半年就要给大儿子娶媳妇呢，现如今农村的彩礼也是动辄好十几万元，要是没有像镇上何书记这么好的领导，他想都不敢想这些好事情。

程式化的脱贫故事几无新意，所不同的是，之前的采访对象，都会说党和国家的政策好，而刘卫全一再强调的是镇上的领导好！而这个镇上的领导，明确就是指的何国祥书记。老实木讷的刘卫全不知道怎样表达自己的心情，只一个劲搓着粗糙的大手，满面真诚地告诉我："真的！多亏镇上的领导，多亏何书记给我们修路，就连地里的花椒树苗，都是何书记亲自给我们调来的，一听说哪儿的树苗好，镇上的领导就先替村民去联系。就说发展养鸡养猪，村里谁家要是有老母鸡抱窝，孵出一窝鸡娃来，镇上就给谁家奖励两百元钱，这都是何书记亲自定下的政策，这是扑下身子给我们服务的领导啊！"缓口气，刘卫全继续说："领导们不光管生产，把我们生活上的大问题都给解决了，尤其是吃水的问题，我家早就把自来水接到了灶头上，村里家家都有了方便水吃用。何书记还给我鼓劲长精神，扶持我买了钢磨，给村里人磨面和粉碎饲料，这就又添了一笔收入，只是把人给忙狠了，门里门外都有活儿，不过人干得高兴，越干越有劲了！"

望着刘卫全瘦削却精神焕发的脸庞，一双发亮发光的眼睛，我断定他说的百分之百是真话，绝没有人会教给他如此这般肯定镇上干部的成绩。如果不是因为发自内心的感动、不是因为事实证明干部一心替村民着想、不是如今的刘卫全一年能有个十万二十万元的收入，我想即便有人让他故意说这样一番话，他也绝不会说得这么开心和爽快。于是我进屋去笑着给何书记说，不如我把今天的采写对象换作你好了，老刘他尽讲了些你的功劳和成绩。

书记何国祥就笑了，也没有不好意思，习以为常的表情说明他是不止一次听到这样的话。但何书记也再没有补充说明，说要是采访结束了，我这就领你们看看咱们前山村新建的文化广场去。还是七拐八拐的山路，不过全都是硬化路面，比刚来时的车路略窄些，也就几分钟，车子停到一个山弯处不大的一块平地上。何书记指着远远的一个建筑，说那是新修的戏台，当地有花灯戏演唱传统，多年没有表演场所，眼看这个民间戏种都快要失传了，他的文化广场别的都不重要，戏台比啥都重要。"我这是在抢救文化遗产，你们是文化人，比我懂，比我知道它的重要性对吧！"说这话的时候，书记何国祥颇为得意和骄傲，"脱贫脱贫，不光是物质脱贫，精神脱贫才是真脱贫！就是要让群众有文化生活才行，农闲时一唱戏，村里就有了响动，就有了阳气，要不然这么偏僻的大山里，咋能留得住人呢？"

从家里跟出来的刘卫全，一直在后面默不作声，这时也给何书记做补充："这是我们村上曾经最脏最乱的地方，以前一村子人往这儿倒垃圾，自从何书记来看过以后，就发动人把垃圾处理了，又把前面的深沟垫了起来，硬是开出来这块平地，不但支起了篮球架子，还给我们办了宣传栏，指导核桃树和花椒树种植。何书记是个细心人也是个热心人，我们最信任的就是他！"

短时间的参观和采访，我实在对这儿的整体状况没有太多了解，但从刘卫全给党委书记何国祥的评价中，我看到一个真正为人民服务的共产党员的情怀和初心。同时也深深感到，一个攒劲的乡镇领导对于当地民生及发展的重要性，正因为有许许多多像何国祥书记这样务实的基层领导干部，我们的脱贫攻坚战才有可能取得最后胜利。

从马家前山下来，何国祥书记领我们去农家乐吃午饭，说今天让我们尝尝当地特色面食——豆面。一人一海碗酸菜豆面面条，没有盐，四样腌咸菜下饭。我尝了一口，感觉味道太清淡，就把咸菜往碗里拨拉了一点，何书记看到后笑着说我这是错误吃法。说文县人吃豆面不要盐，主要是吃面条里新鲜的豆香味，一口面，一口腌咸菜，他们从小就是这么吃的，啥时候都吃不腻。我倒是想学着他那样吃，但咸菜已经与面条混在一起分不开,也就在没有尝到豆香味的情况下将一碗面条给吃完了。

利用短暂的饭后休息时间,我从何国祥书记那儿了解到丹堡镇这几年在促脱贫道路上的所作所为:充分考量各村实际情况,按照"一村一品、一村一特色"的发展思路,制订了发展特色产业的短期、中期、长期规划,带领引导群众发展种植业、养殖业和林下经济。帮助贫困户"找一条致富门路,学一门实用技术,培育一个致富产业",以更坚定的决心和更务实的举措培育和发展好富民产业,决胜脱贫攻坚战。

为了进一步加快脱贫攻坚的步伐,丹堡镇结合花椒产区的优势资源条件,在充分调研和广泛宣传的基础上,依托农民专业合作社,通过"三变"改革,建立"支部+合作社+贫困户"联动发展机制,将村民闲置土地、富余资金、剩余劳动力、房屋资产等通过分项整合的方式进行整合,引导群众发展花椒产业,全力打造了前山、上丹等"三变"改革示范样板区,致力于让"花椒树"成功变成"摇钱树",有效助推贫困村出列,贫困户脱贫摘帽。

何国祥书记说,丹堡镇通过椒苗补植和综合管护,已发展花椒2000余亩,初步建成马家前山片区万亩核桃花椒间作示范园区。今年全镇花椒良种优化比例由去年的59%增至今年的63%,宜椒区人均种植花椒达到220株,产值达500余万元。全镇花椒产业的生态效益、社会效益、经济效益和扶贫效益显著提高，可以说已经初步走出了一条带领群众脱贫致富的新路子。

对辖区内地形地貌及物候情况了如指掌，对新发展产业如数家珍……眼前的何书记讲述起来滔滔不绝富有激情，不仅对目下的发展状况比较满意，对于未来，他还有更多想法，希望这个有着美丽河流山川的地方不仅只是脱贫，还要早一点富裕起来，以使那些因为贫困而离开家乡出外谋生的丹堡人能早点看到家乡的变化，早点回来守住这一片热土，留住大家魂牵梦萦的乡愁。

我想起罗愚频兄曾说他这个当乡镇党委书记的朋友还是一个诗词戏曲爱好者，更是一个极其热爱文化的基层乡镇领导，这就更让人对他有了十分的亲切。然而他又是那样谦虚，呵呵笑着说自己不过喜欢文艺，人家文化馆的罗馆长那才是真正的文化人呢！从说话的语气中听得出来他对于文化人的敬慕，这尤其令人感动。

从何国祥书记的微信朋友圈，我看到两天前他写的一首律诗《党员干部助农采摘花椒》：

万亩椒林万亩珍，党旗指引堡中人。
一声倡议出援手，遍野忠肝奉献身。
众志成城挥汗水，和衷共济踏风尘。
扶贫路上留奇迹，不忘初心主义真。

诗作虽直白，略有打油的意味，却情真意切，颇能振奋人心。不过几十个字，足以淋漓尽致地表达一个共产党员对人民的拳拳之心，同时流露出这个乡镇党委书记对丹堡镇发展花椒产业的热爱之情和坚定信念。另外一首七绝更惹人喜爱：

金秋喜乐到农家，遍野漫山开小花。
万簇红云织锦绣，明年计划续桑麻。

以红云比拟成熟的花椒，何其浪漫而富有诗意！而诗中所展现豪情满怀的未来可期，又是一份多么深情的对于这片土地和人民的郑重承诺。

直到我们又去中庙镇采访的那天，陪同我们的文县扶贫办主任叶柏林告诉我，各乡镇的党委书记中，丹堡镇的何国祥是干工作的一把好手，他的思路清晰，想法超前，始终能够紧抓国家政策的优势，这几年为丹堡镇争取到不少发展机会，不像某些地方的乡镇领导，始终跟政策配合不上，让人干着急没办法。说这话的时候，叶柏林对何国祥的赞许溢于言表。自然这又是后话了。

诗意政声话榆树

往徽县北部山区榆树乡观花赏景，是我已经向往了好一阵子的事情。

在那儿主政一方的我的朋友耿杰先生，早在四月里就有过邀请，说希望朋友们能在樱花盛开的时节于榆树地界上一聚，说他花了四年时间精心设计打造的"百里樱花长廊"已粗具规模。

美好的赏花之约，因为种种原因终未能实现。六月间，耿杰先生又策划了一场诗意的榆树之旅，来自兰州、敦煌、天水、成县的诗友一行在他的陪同下，遍赏榆树乡美景。诗人们不肯辜负主人的盛情，后以歌赋诗词酬和以赠，遂成雅集，造就一段佳话。十分遗憾的是，我未能与诗友们同行，再次错过。

这回借公事去榆树，是我格外珍惜的一个机会。因此在路过金徽酒文化生态旅游景区时，平常喜欢随手拍照的我连一张风景照都没心思拍，不过远远看了看虞泉湖的喷泉就连忙赶往榆树乡，耿杰先生已经在乡政府等我们，他在微信里给我说今天的时间全部用于陪同我们的采访团。

我与耿杰先生相识于互联网,未谋面前只知道他是一个勤奋的诗人,几乎每天都在写诗,多为旧体诗,喜五言七言绝句,出手就是一组,明白晓畅,也填词,颇耐读。熟识之后,才知道他除了诗人的身份,还是徽县榆树乡的"一把手"领导——乡党委书记。我深知乡镇工作的繁杂与忙碌,能在公务之余坚持诗词创作,且数量丰厚,作品亦每有新意而不落俗套,实属不易。于是对这个因诗结缘的朋友,从心里更多出一分叹服。

在《榆树九龙潭行吟十首》中,诗人耿杰作有这样几句诗:地僻喧嚣远,观云养素心。听风松下卧,山水奏清音。初读时,我尚未去过榆树,感觉诗意是遥远而抽象的,应该有不少想象的成分在里面吧,毕竟在眼下的繁华中,如诗中所描绘的桃源般的美景,实在很少见了。

然而,真正到了榆树,才知道诗人没有说假话。在这幽僻的山村,随你走到哪儿,都能发现诗意的所在。

我想先说榆树的花儿,却又一时不知从哪一朵、哪一株、哪一树、哪一盆还是哪一片开始。同时还觉得无论先赞美木本的花儿还是草本的花儿,红色的还是黄色的,白色的抑或紫色的,都是对随后得到赞美花儿的轻慢。说起农家小院的花团锦簇和野外田间的漾漾花海,照样让我分不出谁更惹人怜爱。干脆,我就这么说吧,只要是花儿,它就是美的，正好生在榆树这块地上，那它就是幸福的。拿出记忆中所有关于花儿的形容词，在这里似乎都不够生动，最活泼的赞美之词就是榆树的花儿们本身，以及极热爱花儿且与花儿一起生活在这片土地上的种花人。

这可真是花满榆树！听到我由衷的赞叹，书记耿杰笑说，我们的口号是"诗韵榆树"。好吧，这就又来说诗，谁让这一方土地的领导干部还是一个热情满满的诗人呢。

诗人耿杰领我去拜访"闻莺琴台"。篱落疏疏的小院，白墙黛瓦，门对青山，满院子争着抢着盛开的鲜花。山脚平缓处一亭翼然，琴台置于亭下一角，抚琴人周文英虽已归去，然她在《榆树乡》一诗中留下了这样的佳句：人稀莺语软，路远马蹄深。欸乃一声叹，武陵不必寻。

坐落于火站村惠风亭的"子兰茶台"则自有其风流蕴藉。木亭古色古香，人家依山傍树，亭内茶台亭外花，人间的清和与萧散就都在这里了。也正好应了王子兰的联语：茶香已带禅中味，月影还添画里诗。

吃斋礼佛的蕴珠姐姐在另一座廊亭下觉得了大自在，她在诗中这么说：礼佛欣闻道，顽空懒赋诗。凝神清磬寂，合十念阿弥。在诗人耿杰的指点下，隔车窗看到蕴珠赋诗的空亭，敞亮阔大，豁然无隐，令人心生虔敬。一面磐石凿就的大磨扇独卧其中，却又像一个隐喻。

一路走村过巷，凡亭台茅舍，必有诗留。诸如虎踞、爽籁、竹溪等亭，皆被才子萧雨涵以书画琴诗相赠。从此，这地方果真对得住"诗韵榆树"的雅称了。至于其余几处风雅之地、几人缀玉连珠的诗词曲，一并在诗人耿杰领我们探访茶马古道时叙说一过。其间享用了一顿清新可口的农家饭，天色已然不早。

兴味盎然的我追着朋友问，还有什么好玩的地方？耿先生笑而不语，只管领我们往前走，七拐八拐就到了苟店村。车子停在小河边，花海连绵中找到一所蜂场。养蜂的处所我见过不少，像这儿被花朵包围的蜂场还是头一回见，令人称奇的是五颜六色的蜂箱，简直就是蜜蜂的幼儿园。养蜂人打开一只蜂箱，让我们近距离观察蜂王和工蜂的区别，由于和养蜂人极熟识，蜂儿们并不惊慌，我们观察我们的，它们继续有条不紊地工作，嗡嗡嗡的歌声不断，想来这些甜蜜的精灵心里是满足和愉悦的。跟它们一样，我们也感到甜蜜和愉快。

很快我们就尝到这些精灵所酿的甜。罗家阿婆笑盈盈在她花草葳蕤的小院里接待我们，花开满院，蜜水盈杯，一时间恍至洞天福地。罗家人爱花，真像他们的好客，只要有点地方，必得安顿个花儿住下来。架上是花，树上也是花，园里园外花连花。廊檐下盆栽花，篱笆旁手植花，一条通往院子的小路，两旁开满了迎客花。溪桥边的坡地上，孔雀草开得正欢，对面菜园里瓜蔓上果是果花是花，就连院边的自来水管支架上，也放着一盆盛开的波斯菊。罗家阿婆坐在刚修剪过的盆景树底下，说天太热，喝蜜水解暑，多放点蜜，多喝点。天气似乎一下子就凉爽不少。

告辞出来，阿婆送我们到溪边，不同意客人说多有叨扰的话，说："你们是请不到的客哟！多谢耿书记带贵客来喝咱家的蜂蜜水。"书记耿杰就告诉我，罗家阿婆最会打理生活，这清雅的罗家小院是全村干净整洁的，他已经数次带着客人来过罗家小院，也有诗人在这儿留下饮蜜的佳句。

眼看天色向晚，车子加速穿过榆树的百里樱花长廊。书记耿杰不无骄傲地说，他花了四年多的工夫，在主要通村公路沿线栽植樱花树近十万株，意在打造一条国内最长的樱花大道，吸引更多的外地游客来榆树赏花，真正通过美丽乡村建设和打造乡村旅游造福榆树乡人民。

指着路边绿叶婆娑的樱花树，书记耿杰开心地给我说，春天里兰州来的参观者，一下车就被盛开的樱花迷住了，也不嫌山路长，坚持步行赏花，一片声地说"不想回去了呀不想回去了"。没有人不说榆树的樱花美！

通村公路的两边，种满了波斯菊和孔雀草，时节正是这两种花儿的盛花期，我们就像行进在鲜花列阵夹道欢迎的阅兵场。书记耿杰说，他到村里来检查工作，首先看路边的花和树栽种得好不好，这直接关系到一个村上的工作搞得好不好！说他来村上不喜欢坐车，就这么走着溜达，因此这里的住户没有一个不认识他的。有时候和村干部走在一起，村民们遇见他热情招呼或者主动找干部反映问题，就能感受到村干部在当地的工作水平和威信。若村民看见干部扭头就走，或者故意找碴而干部却不敢吱声只想开溜，那足以断定当地干部平日里并没有真心为群众服务。

书记耿杰说得兴起，把他怎样让不称职的村干部主动辞职，又怎样选择培养愿意为村民办实事的素质过硬的干部，并且还要让离职干部心服口服协助工作的过程，像讲故事样说一番，听得我好生佩服，觉得我这个朋友的身份，在诗人耿杰和书记耿杰之外，还应该是榆树乡优秀公民耿杰。

回忆当年栽树，书记耿杰说他是挨个儿检查落实栽种的。一回检查某村沿路所栽树苗，他用两根手指头轻轻夹住就能拔起，明显村干部没有用心。恼火的他索性将树苗全部拔出来摆放在路边，然后让村上的书记和主任自己来看，村干部心中有愧，于是亲自带头，把每一棵树用一架子车的腐殖土重新栽好。几年后，那个村上所栽的樱花树比别村的更茁壮。

在这个以发展苗木为主的山区乡镇，有十万株樱花树做家底，当家的心里自然是踏实的。这里也是小陇山林业实验局榆树林场所在地，辖区内有五十多万亩的林地。所谓靠山吃山，榆树人眼下是靠林吃林。正是青冈树能够剥皮的季节，一路上遇到不少拉树皮的农用车。耿杰给我们介绍说这几天进山剥树皮卖给菌类种植基地，勤快人一天能有上千元的收入，稍微手慢点的人每天也能收入个四五百元。

榆树人挣钱容易，林区优势是一个方面，另外因距离洛坝矿区近，矿上打工收入也蛮不错。遗憾的是当地赌博成风，耿杰来这儿当党委书记之后，有心的他专门想了个治理的办法，那就是每年腊月间组织村民排练社火，正月间演出兼比赛。社火要从腊月初六起排练演出到正月十六，整整四十天时间，让年底打工回来的村民没有时间参与赌博。连续几年的社火演练，不但丰富了群众的文化生活，也在一定程度上唤醒大家不断重视精神生活，同时也提高了村民的审美能力。

一路上，我惊异于所有走过的路面，竟然连一点杂物都没有，书记耿杰得意地笑了，说他们在各村都设有八个公益性岗位，所谓"八大员"，其中就有专门负责打扫卫生的保洁员。美丽乡村首先应该是干净的，否则还怎么敢说这里是可以洗涤我们内心尘垢的地方！

榆树乡境内多溪流河道，山林格外丰茂，村居又多依山傍水，只需因地制宜稍加规划设计，便极易营造出小桥流水人家的意境。在书记耿杰的指导和引领下，几乎每一个村子都在相宜的地方建造了凉亭，既是清雅的人文景观，还可作乡民游人歇脚之地。

在高峰村河谷边的亭子里，听村主任说高峰村是一个深度贫困村，为尽快脱贫，乡政府将高峰村定为重点扶持的养殖村，规模发展牛羊猪鸡的饲养。我不解地问村主任，但凡发展养殖的村庄，大多污染比较严重，为何高峰整个村庄依然山明水净，空气中照旧带着甜丝丝的花香。干练的村主任霍一下从椅子上站起来，大声说那是自然！耿书记给我们把高峰建设得跟城里人的花园一样，怎么可能会被污染呢！你们哪里知道，咱村里的养殖场全部建在后沟垴里，离村子远着哩，要是这儿被养殖场搞得臭气熏天，你们还敢再来吗？

通往另外一个村庄的路上，又见到一条清浅的小河，耿杰告诉我河流叫雪水河，说榆树境内还有一条河流——山王河。两条河一路由北往南而下，最终汇聚于美丽的伏家镇。听这两条河的名字，无端地，我就私自把它们想象成了一对爱侣，彼此怀着相爱的热望，柔婉而执着地经过丛林山谷，日日夜夜未曾停息。

爱是永恒的话题。榆树人担心在如诗如画的这儿，如果缺少关于爱的故事，美景会黯然失色，于是他们将一株有三千多年树龄的大银杏树做了故事的载体。故事这么说：两个相爱的人，因为不能在人间相守，女子绝望而出家，男子化作她修行地旁边的这棵银杏树。果然，距离银杏树不远的地方，有一处庵堂的旧迹。

书记耿杰介绍说，这是古丝绸之路上最大的一棵古银杏树，被称作银杏王，它的树干需要十七个成年人手拉手才能合抱。就在两年前，这棵古树曾受过风雷的重创，导致树身略朝一边倾斜。并说已经申请林业局前来管护，可能要把偏重一面的枝叶削过些，使树身仍然保持平衡。

说这话的时候，我的朋友语气里有诗人的悲悯，更有作为当地父母官的一份担当和责任。我仰头看银杏树在蓝天下的枝繁叶茂，想三千年与人之短暂一生，很是佩服榆树人的睿智。他们编起故事来真个别出心裁，将生生不息的爱寄托在历劫长存的古老树种上，这该是一份大智慧呢。

朋友耿杰在榆树执政五年，以他诗意的情怀和执着的信念，借助各项惠农政策，基本实现了他不同于一个普通乡镇党委书记的美好理想：笑把生活过成诗。

我打心眼里赞赏朋友耿杰这种乐观的生活态度和一份从未舍弃的诗意情怀，由衷地夸赞他的敬业和勤奋。耿杰说他不管前夜里睡得多晚，却从不会睡懒觉，这完全得益于小时候祖父的指教。祖父有句常说的话：天上要是下乌纱帽，你总得把头从门里伸出去。如今祖父已故，耿杰做了榆树乡人民的父母官，想来祖父的在天之灵一定会觉得安慰。

说起写诗，耿杰对老师王婉丽心怀感恩。一往情深回忆往事，在一旁静听的我如临其境如见其人。学诗是近些年的事情，他还说到母亲给他写作上的启蒙。在母亲面前，耿杰是个孝顺的孩子，我常在朋友圈看到他休息日带着老母亲四处游玩，老人家精神得很，从照片上看到老母亲偎在儿子或者儿媳身旁,脸上是满足的笑。耿杰说老母亲至今还在坚持写日记,他刚刚又给买了二十个日记本,鼓励让好好写。

一个人的影响力有时候真是不可估量,听说在榆树乡政府,很多干部喜欢上了作诗填词,村干部们更是热衷于编唱山歌民谣。山王村撒马寺的土琵琶演唱队伍,就是七八个村民的自发组合。土琵琶、胡琴是主旋律,敲响寻常家用碗碟伴奏,一对光滑的红枣木短棍打节拍,小曲儿就咿咿呀呀唱了起来:

正月里点兵梅花儿开,朝里文书连夜来,家有五子二当兵,家有三子一当兵……十月里点兵拜我妹,我妹问我几时回,哥是河中长流水,今日一去再不回……

《点兵》到了结尾处,不出意外大团圆。然而曲调是忧伤的,歌词中的悲苦随处可见。那时候的人生苦多甜少,现如今的人生快乐多了,可曲调还是那个旧曲调。

也有喜气的,《拜年》中姐姐这么给弟弟唱:

……青叶茶,加洋糖,叫声兄弟你先尝,咱二人来喝一场。

这真是人世的亲厚惠爱啊,让人没有理由不眷眷于世间的流水光阴。

小曲儿没有停,社鼓闷闷地响了起来,有人在场院的月光下舞动,像是娱神,也像夏收之后庆丰年。弹琵琶的老者说,祖先们从古阶州逃荒至此,找到这一块风水俱佳养活人的地方,历经好几代人,娃娃们早已不会说家乡话,但琵琶曲还是乡音。

　　"我们这地方哪,还有个名称叫'小阶州'!"老者深吸一口香烟,双眼微眯,仿佛替祖先看到了故乡。

　　我们在深夜时分作别榆树,跟好客的榆树人作别,跟新认识的朋友们作别。不过一天的游遇,也生了恋恋的不舍。朋友耿杰不无遗憾地说今天时间太紧了,竹林寺还没有去,说那儿有几处佛教石窟值得去参观。我即刻就感到很高兴,这不就有了再来榆树的理由吗?多好,等我下回还约了喜欢的人,一定再来。

春风化雨驻村情

以榆树为村镇名，可说是一个传统文化现象。一种情况是当地榆树众多或者古老；一种则取其"裕"字的谐音和寓意，何况榆树叶子又极像铜钱，这就暗合了乡民们对丰衣足食的幸福生活的美好向往。

徽县北部山区榆树乡的这个取名属于后一种，因为在那儿，很少看见榆树，倒是有棵据说三千多年的老银杏树，我们初到榆树时还开玩笑说这个地方应该被称作银杏乡。

就在这个没有榆树却被称作榆树的山区乡镇，一个叫东坡村的村子里，刚刚过了五十岁的于宏举，半年前来到这里担任了东坡村帮扶工作队的第一书记兼工作队长。

我在村委会大院里遇见于书记时，他正忙着给几位现场展示书法艺术的老师拍特写，路过我们面前时，点头打了个招呼，就又忙活着给另外几位器乐演奏的老师拍照去了。

榆树乡党委书记耿杰，看到于书记一时半会儿还顾不上接受我们的采访,就在一边给我们介绍这位村书记。耿书记嗓音洪亮,《喜洋洋》欢快轻松的乐曲根本不影响我们听他说话。

"于书记在东坡村驻队,那是真能扑下身子搞工作,自己工作忙没空做饭,把老母亲接来给工作队还做过几天饭,可惜前一阵子老人家生病去世了,他也就只请了三天假回去,办完丧事一天都没耽搁就赶回来了。"耿书记的目光随着于书记移动的身影,话却是说给我们听的,"他人老练,又是多年搞过民政工作的干部,驻村搞帮扶工作经验老到,很受大家的欢迎。于书记人缘好,群众基础更好,你们看,今天活动上来的老师和村民,可都是于书记亲自请来的!"

东坡村那天很热闹,书记于宏举请来徽县老年大学八位书法老师在东坡村开展送文化下乡助力脱贫攻坚活动。这八位退休老人自己租车从县城赶到四十多公里外的榆树乡东坡村,为群众送书法中堂六十余幅,又现场为围观群众书写作品六十余幅。于书记一直在活动现场为老师们服务并摄影记录,同时鼓励村民们大胆接受老师们的馈赠。在这偏僻的小山村,人们还保留有见到生人的羞怯,很多人不好意思拿人家的书法作品,但他们信任于书记,于书记鼓励,每个人便兴冲冲地各自收藏了一幅。

就在他们工作队的驻扎点上,我仔细翻阅了书记于宏举的驻村日记。他从入驻东坡村的第二天就开始走访贫困户,同时接待群众来访和上级单位督促检查工作。短短三个多月时间,于书记对自己村里的贫困户家庭状况已经了如指掌,东坡村的乡亲们就像于书记从小长大的家乡那个村子的亲房本家,个个都与他有牵扯不断的联系。

像介绍一个大家庭,于书记这样给我说:"我们东坡村有105户人家,373口人;建档立卡户就有38户,163口人;义务教育阶段的学生24人。"停顿一下,于书记有点感慨地继续说:"我们村人口老龄化比较严重,60岁以上的老人84人,80岁以上有15人……"再停顿一下,语调又轻快起来,"不过,我喜欢和老年人打交道,陪他们说说话打发一阵时间,老年人就高兴得很!"

华发早生的于书记面目和善,一看就是个平易近人的干部,加之他说话温和有趣,又有农村生活经历,想来村里的老人们在他那儿既能找到朋友的感觉,又能找到在攒劲子侄面前的自豪和信任。

我让于书记讲几件扶贫帮扶工作中印象深刻的事儿,他想一想,一副不知道从何说起的神情。再想一想,他告诉我,自己每天都写有扶贫驻村笔记,上传在《陇南乡村大数据》的"基层党建"版面上。

"这几个月扶贫经历的事情都在上面,既是我的工作笔记,也是我一直坚持的写作练笔。"于书记边说边教我在微信上顺利找到这个他发表笔记的平台。我浏览了下目录,恰好翻到5月20日那天的笔记,写到妻子在家摔伤了胳臂,但他却不能回去照料。短短几行字的笔记流露出对妻子的内疚和对工作的尽责,让人读之肃然起敬。而那个时候，也是他情绪最为低落的阶段，母亲猝然发病去世，离开他才不过十多天时间。

另外一篇笔记全文如下："4月19日，早上7点，在村委会我的多功能综合办公室（村两委和帮扶工作队办公室、卧室、厨房、餐厅、盥洗室、议事厅）已经烙了四个馍，计划吃完早餐去西坡入户。榆树乡东坡村面积大，群众居住分散，村委会在东坡社，走访东坡社群众就方便一些。东坡、西坡两社被苏家河隔开，古人云：'隔山不远，隔河远。'东坡、西坡群众隔河相望，看得见，走起远。自今年3月中旬驻村以来，西坡社来的次数还是少，拆危治乱来过几次，其他工作的事情来过两三次，入户走访到西坡这是第四次。第一次是大走访，所有户都去了（有四分之一的户门锁着），第二次去了毛润家，第三次去了毛刚家。去的次数多一些的是我的帮扶对象赵存林（养蜂大户，现存有优质土蜂蜜一千余斤）和杨张娃（养土鸡三十只，有少量土鸡蛋和土鸡可出售）家。早上从村委会出发，我们先到了西坡最远的居民点徐家山，翻过徐家山就是杨河村安乔社的古滩沟，徐家山居住的几户人都在家里。小湾里住着吴生一家人（出门访亲），在大垭豁住着的是我以前帮扶户赵志成家（居住县城凤山家园）。因工作原因我对地名比较敏感。就西坡社，我们走过阳山砭、洞神底下（当地人叫东升底下）、漆树坑、刘家沟、温家沟、对坡里、山根里、李家沟、风套沟、高世家湾、臭老汉湾和雪坪湾。

每一个地名都是有来历的，都有故事，如果时间容许，这些地名故事我会写进我的驻村笔记里。"

在这平实、朴素的文字后面，我看到一个扶贫帮扶干部务实的工作态度，也看到一个从事行政区划和地名管理工作的民政人对自身业务的热爱和熟悉。于书记知道，只有更好更细地了解当地群众的生产生活状况，才能有针对性地搞好帮扶工作。这一阶段的走访，从于书记一连几天的笔记可以看出来，他这是踏踏实实为东坡村的乡亲们尽快脱贫致富做好摸底调研。笔记所显示的表述能力，又说明作者具有比较扎实的文字功底。可以推测，于书记还是一个热爱学习、勤于思考的有心人。果然，在我们后来交流时，他说自己平常喜欢读书，并坚持做笔记，有啥心得就记录下来，只是因为工作太忙，妻子这两年一直在病中，也就只有晚上夜深人静时才动笔写点东西。

于书记5月12日的驻村笔记题目是《建档立卡户杨小芹去世了》，那天的笔记比较长，文中详细介绍了杨小芹的生平、家庭结构、如何生病去世、丧事现场以及其所在地东坡村庄窠社的自然环境和前来帮忙处理丧事的村民概况。笔记线索清楚、文字明白易懂，很好地还原了当天所发生的事情和与之有关的往事场景。像一个善于讲故事的人坐在面前跟我说话，一桩桩一件件很有条理地给我叙说，然后这个悲伤中有温暖、杂乱中又有序的农村过白事的一幕就鲜活地印在了我的脑海中。尤其让我感动的是，现场有人向社长借钱，于书记毫不犹豫拿出自己的一千元现金。文章是这么表述的："……接着进来两位讲普通话的中年男子找肖社长借现金，我说我有现金，给了低个子男子一千元。"

笔记继续说道："离开庄窠杨小芹家已经是5月13日凌晨2点30分，是黎生明和几位村民送的我。今晚是我驻村以来接触到东坡群众最多的一次，也是谈心交流内容最丰富的一次，明天，我们帮扶队还要去庄窠，给杨小芹家帮忙，帮助杨小芹家属料理安葬相关的后事。"

那天的笔记搁笔时间是5月13日凌晨3点50分。夏天的夜晚本来就短，从早7点接到杨小芹去世的消息那会儿就开始工作，直到第二天天都快亮了还没有休息，这得有多么大的热情和精力才能撑得下来！也正是这篇笔记，让我从于宏举书记身上深切感受到一个共产党员的情怀和坚守！感受到这场声势浩大的扶贫攻坚战带给每一个与之相关的人的巨大精神力量！

一个充满热情与爱心的人，时时刻刻都会发现生活中的美。除了爱写作，于宏举还有一个更专业的业余爱好——摄影。这也从他的驻村笔记中时时能看到，他发在"基层党建"上的每篇笔记，几乎都配有一幅或数幅视角独特、画面生动的摄影作品。

《美丽乡村榆树》中远处青山如黛，近旁屋舍俨然，游人谈笑行走在干净整洁的通村公路上,身后是开得如火如荼的各色花儿。甚至菌棚、苗木基地、一小块菜地,在于书记的镜头下都是那样充满生机,令人向往不已。《花儿为什么这样红》多以屋舍旁盛放的月季花,田野里成片的孔雀草、雏菊、薰衣草等为主打,只在其间插放一帧弯腰劳作的农人背影,这所有的画面一下就紧扣主题,令人观后有回味无穷之感。

有人为榆树乡或者东坡村赋诗作文,于书记也会为其配上最恰当的照片发布在"基层党建"的版面上,又无疑给美丽榆树乡和东坡村做了很好的宣传。至于养殖户的蜜蜂、散养鸡、漂亮的兔子等也都常出现在他的镜头下,一边满足读者的审美,一边也给这些养殖产品打了广告,真是一举两得的好事情。

看到我关注他的摄影作品,于书记不无骄傲地告诉我,他这些年通过摄影资料为家乡做宣传,曾经在全市得到过表彰。作为甘肃省现代摄影学会会员的他,曾经于2019年7月负责接待来自韩国国际IPC摄影学会访问团来徽县的摄影采风。一行十人的摄影团队在徽县嘉陵镇田河村、稻坪村、上滩村等地拍摄了不少艺术作品,将徽县最美的景色让韩国友人从镜头上带了回去。这次艺术交流活动之后,于宏举跟随甘肃现代摄影家协会回访了韩国,带回来许多异域风情摄影佳作,很好地开阔了他的艺术视野。

采访回来,这个多才多艺的扶贫队长给我留下很深的印象,但我犹豫了很长时间，还是拿不准该用怎样的手法写下他在东坡村扶贫工作中的感人事迹。这很大原因在于他自己记录有一部沉甸甸的驻村笔记，文字所呈现的责任和担当中，饱含着他对工作对生活的诚挚热爱，笔记就是对他本人最好的说明和报道，何况作者的文笔很不错，几乎无须我再多言。然而在阅读的过程中，我因为感动还是忍不住提笔写了点自己的感受。令人刮目相看的是，于宏举书记在东坡村的扶贫帮扶工作，目前已经从政策帮扶、物质帮扶上升到了精神层面。无论是他在村里组织文化活动，还是用文字和相机镜头记录东坡村日新月异的变化，以及用自己的无私和爱心给村民们所做的榜样，无一不是精神扶贫的范畴，这真是难能可贵的一点。

  我的文章要结尾了，于书记的笔记仍然在继续，就在几天前的7月14日，他又发给我这样一篇笔记：《走访张云尧》，一看就是篇用心之作。下雨天，于书记一个人来到贫困户张云尧家，跟两位多病的老人煮茶拉家常，将老人在20世纪70年代是怎样从通渭老家来到东坡村，怎样因为家里接二连三遭遇灾难而导致贫困，又怎样在被纳入建档立卡户之后渐渐走上脱贫之路的情况叙述得一清二楚。文章是这样结尾的："离开张云尧老人家的时候，老人给我拿了一些自己种的扁豆和黄瓜，雨一直下，老人坚持把我送了一段。回到村委会，建档立卡贫困户杨杰给大家送来韭菜饼子当午餐，我吃了一个，香！"

　　读到这儿，我一边笑一边想给于书记打个电话，告诉他，要是他来参加我们的扶贫攻坚采写工作就好了，以他的经验和水平，加之满腔的热爱和春风化雨的情怀，一定不难写出更为出彩的好文章。

小城七月

一

去两当县的显龙镇,我们赶上七月的好时节,大片的柴胡刚进入盛花期,没见过的人远远看去还会以为是三月的油菜花开得正美。

我就是没见过柴胡开花的这个人。乍见盛夏的阳光下金灿灿的花海,实在是惊奇不已。原来,柴胡是在夏季里开花的啊!原来,柴胡开了花也是蛮能和这季节的阳光相匹配的呢!阳光是金色的,花儿也是金色的。蜜蜂出入花丛,薄翼被阳光和花色浸染,一身金黄飞来飞去,是生了翅膀的柴胡花。

较之于春风澹荡里的姹紫嫣红,柴胡花儿在骄阳下的这份明媚鲜艳更为难得。还有它的花香,携一丝药味儿,飘一点点蜜味儿,都是能渗进人心里去的味道。像爱,容不得你拒绝,你也不舍得拒绝。就这么站在我从未见过的花儿面前,被它的美色和花香魅惑,有种轻盈明亮的东西从心底升腾而起，忽然不觉得生而为人的沉重和烦恼，甘愿为这炎炎烈日中的邂逅，丢盔卸甲放下所有。

二

我家乡的山歌这样唱：柴胡开花两面黄，一面姐来一面郎……

说的是柴胡花这青春的颜色，它的光芒由激情四射的红色和生机勃发的绿色混合而成，那么当黄颜色汇聚成海，甜蜜的馨香、迷人的光晕荡漾开来，爱情随之附着其上。两面黄是说柴胡花儿的密集，据说在伞形的柴胡花枝上，一枝极细的分枝最多可以开二十几朵花。那几乎可以说是一个花球了，又岂止是两面黄，它是明亮亮的一团黄。

这让我惊奇又迷醉的柴胡花儿，它密匝匝绽放在通往显龙镇的一条公路的下方，平整的田块外围，是一片葱茏的林木，像绿色的防护墙。有了它，人站在公路上往下看柴胡黄色的花海，才不至于因为眩晕而跌落花丛。

三

一片紫色！一大片紫色！一整个山坡的紫色！

成熟又冷静，浪漫而神秘，分明秋声之前奏，不过暂与暑气衔尾相随。这显龙镇的伏天，就在另一片紫色的花海中显出凉意来。关于昆虫们的童话全部藏在山坡上这些像铃铛，像包袱，还像僧人帽子样的花朵里，小粉蝶轻轻去摇一摇桔梗的铃铛，那些紫色的花儿立即在山坡上弹奏一曲《夏天的秘密》。

谁没有过关于盛夏的美好记忆？谁又不曾在夏季里做过浪漫的美梦？！那些年少时单纯因为色彩而喜欢过的夏天，那些摘了桔梗花儿缀满发辫也不害羞的岁月，就在一瞬间全然回到眼前。

初至显龙，在对比强烈的两种颜色的花海中，我仿佛重新捡拾回来一段童心、一份少年的情怀。这是来两当前没有想到的意外收获。不过切莫以为显龙的这些黄色花儿和紫色花儿仅仅只能观赏，它们是镇上集中发展的中药材高效示范园。不远处的阳坡地里，黄芩也正在开花，那是不同于桔梗花儿的另外一种紫色，远远看去，像极了勿忘我。

也许之前，我们只知道中药是用来医病的，它曾经无数次被吃进我们的身体里去。这些吸收过自然四时之气、承载过日精月华的美妙植物，被我们用来平衡身体里的寒与热，水与火，升浮与沉降。然而当它尚未离开脚下的土地，当它以花开的声音赞美了夏天，当它用纯净的色彩装扮起天空……这一切却恰好让我们遇见，嗯，那就是它额外赐予我们的眼目和心灵以滋养，是我们的恩福。

四

我们的国度作为太阳崇拜发源地之一,从古至今流传有太多关于太阳的神话。我们从《夸父逐日》和《后羿射日》的神话中,领略了干旱地区的先民对于太阳曾经有过的思考和猜想,也约略看出当时人类的骄傲和轻慢。而"蜀犬吠日"的成语却隐含着蜀地人对于日照的渴望,对太阳的那份稀罕,被外人以"犬见日而吠"揶揄至今。因为需求不同,人们对太阳抱有不同的期望,替太阳想想,遇到人类,它真是太难了。

终于,人类有了敬畏之心,知道太阳是不能征服的,也不是人类意志所能改变的,于是想与太阳能有正常交流。图腾中便有了太阳鸟;创造一个大力神叫盘古,说太阳是他的左眼睛所变成;替太阳寻亲,找到它的母亲羲和与另外九个兄弟;人中间有了个出类拔萃的炎帝,就说他来自太阳;感觉日子过得太快,一转眼便日薄西山,人以为太阳里有只神奇的黑鸟,因之又昵称太阳为金乌……但依然觉得与太阳不够亲近,后来敬奉一尊神在太阳上,尊称为太阳星君。怕人记不住,再定一个春暖花开的日子为星君的生日,到了那一天,沐浴焚香念诵《太阳经》,就这样,也才表达了人类对太阳微不足道的感恩。

那么,就请太阳神来人间享用香火,保佑和赐福于我们。请这至高无上的神灵,住在月亮坡前的神庙里,听白日里古道驿站马铃叮当,听夜晚间广香河水追风逐月。这美妙的人间欢歌啊,太阳神与我们一同分享,劳作不再辛苦,愁烦容易抛却。

让我们把这神庙唤作太阳寺,太阳从此在人间就多了个住所。它带来的光芒与温暖,让这块土地上的万物生生不息变化无穷。它赐予的智慧和力量,激发人们想翻越秦岭去山那边看看的豪情,由此这儿被踩出一条由秦陇入蜀的故道,我们的心胸和眼界从此变得开阔。

商人们到这个有太阳神的地方来,成就了关于王百万的财富神话:那党参种到土里面,仿佛埋下了金条,一首循环往复唱不完的歌,是水磨在广香河上的吱吱呀呀。

光明桥前的《太阳赋》、红军街上的古槐树、槐树底下的石碾盘,各自用它们的语言,讲述当年那支迎面走来的红色队伍,是怎样在这里创新了翻天覆地的革命神话。

五

车子一路穿行在两当北乡的青山之间,让人有种错觉,坐的不是车而是船,这船又像条鱼,无比畅快地游走在碧绿的海水中。这鱼又背负着我们，让我们在森林覆盖率接近百分之八十的天然氧吧深呼吸。

已经好久没有见过这么醉人的绿颜色了。是浆汁饱满轻轻一碰就能掉下水来的绿，又是蘸在笔尖极不易涂抹开来的绿；是刚刚想到"长郊草色绿无涯"的绿，立即又否定了，觉得更恰当还是"客路青山外，行舟绿水前"的绿。

说绿色给人视觉的感受是舒心宁静，很大程度上更是种色彩暗示，这象征青春与活力的颜色，通过我们的眼睛给观赏它的人以生命的张力和强大的治愈力。

山那么包容，接纳一切想依赖它生长的植物，哪怕是鸟儿衔落的一小粒种子它都不嫌弃，山才能在夏季里活泼泼绿到天空里去。听到赞美，山也想看看自己的模样，山请阳光把它的影子投进脚下的溪水中，那一湾清浅的水域就被山的绿所洇染。栖在树梢上的小鸟，生怕溪水打湿了翅膀，无声地飞走了，留下颤动的枝条，划开浅水的涟漪。

六

寂寞的孤旅，有人写下这样一首诗：

江月亭前桦烛香,龙门阁上驮声长。

乱山古驿经三折,小市孤城宿两当。

晚岁犹思事鞍马,当时那信老耕桑。

绿沉金锁俱尘委,雪洒寒灯泪数行。

那是几百年前的名诗人陆游在报国无门的苦闷中途经两当小城时的情感抒发。

今天我们来这儿漫游,眼里风光无限,心中惬意悠闲。时代给了这座小城最好的光景。绿色生态、红色旅游、美丽乡村、富民产业、族谱文化、风俗人情……时光在这里仿佛不会轻易老去,即便不留神让它溜掉,也会被张果老倒骑毛驴唱着道情拽回来。

人们说两当是一座慢城,那么,就让我们慢慢晃悠,慢慢欣赏,慢慢品味。慢慢地,发现我们爱上了这里。

孩儿心

小人不计大人过

幼儿园新添置了些室外玩具,有蹦蹦床、跷跷板、滑梯、隧道、木马等,玩具造型独特、色彩艳丽,再加上四周墙壁上五彩斑斓的儿童画,一下子把个小小游乐场布置成了童话世界。孩子们的高兴劲儿就不用提了。只是一个班每天只有一次玩耍的机会,孩子们觉得不过瘾,总要在下午放学后再在园内逗留一阵子,争分夺秒地玩一会儿新玩具。我家的小淘气也不例外,我只好耐着性子等他。

常常是我站在一片欢腾的游乐场外,看儿子在里边疯玩。这样看着也是个很费劲的事,眨眼间就不见了那个熟悉的小身影,待我盯得眼睛都困了,小人儿忽一下子又跑到眼皮底下来。偶尔有孩子大声喊妈妈,或带着哭腔,立马就有好几位母亲循声找去,都以为是自己的孩子。孩子们的声音着实很相像,母亲们的心情更是一样。

一次我还是等儿子玩耍,刚巧遇到个熟人就多说了几句话。忽然，儿子耷拉着小脸找到我，说不玩了要回家。牵着他的手出了幼儿园，我问他今天咋这么自觉，儿子情绪低落地跟我说他在游乐场奔跑的时候，不小心撞到了一个阿姨身上，他给阿姨说了对不起，可是人家没有原谅他，而是把他拉过去打了一巴掌，还骂了难听的话。

我虽然知道儿子不会撒谎，可这样的事情还是让我觉得有点不可信。于是我问儿子是真的吗，谁知这孩子怒了，一下甩开我的手，气呼呼地一个人快步走到前边，嘴里还大声嚷了一句："我就知道大人偏向大人，你们大人啥时候都是对的！"

真是一句讽刺的话。当时我心里很不是滋味，既为儿子挨了打骂生气，又气愤于那位年轻的母亲为什么如此得理不让人，不能"幼吾幼以及人之幼"！小孩子受点委屈不要紧，可是那位母亲的所作所为会不会给孩子带来负面的心理影响？

我真不知该怎样去安慰孩子了，默默地跟在后边走了一会儿，我上前拉着儿子的手，极其温和地对他说："妈妈相信你的话，是那个阿姨做得不好。"儿子紧绷的小脸一下子放松了，亲热地抱着我的胳膊，娇嗔地说："以后可不许再怀疑我啦。"

我赶紧趁热打铁开导他："要知道这件事情起先是你不对，是你撞了人家呀。"儿子急忙说："可是我道歉了呀。我给阿姨说了对不起！可是她不肯原谅我，打我不说，还用很野蛮的话骂我，我太生气了！要不是看她是个大人，我就回骂她了，我还有更难听的话呢。"

看看，我才说了一句，小家伙就说了一大堆。好在他总算明白骂大人是不对的，要是当时回骂了人家，还不知道要惹出多少事来。说话间就到了家门口，儿子意犹未尽地补充说："妈妈，知道我为啥没有骂那位阿姨吗？不是我怕她，我是'小人'不记大人过！"

说这话时，儿子完全是一副轻蔑的神情和语气。

原来在孩子眼里，他们根本就看不上我们呀。我很尴尬地笑着，一口气把这个骄傲的小人儿抱回了家。

给面子

午休后的一段时间既闷热又乏味，翻了几页书，还是静不下心来。今天星期天，几个侄女侄子连同我的孩子都聚在母亲家里。几个孩子闹嚷得厉害，吃喝玩乐够了便齐齐奔进我的暂住屋，让我给他们讲故事。这可是我的拿手戏，七岁的儿子正是听着故事长大的，从前爱听，现在更爱听。

他们自告奋勇给我找来一本书皮已被翻烂的《格林童话选》，要求从第一篇讲起。闭上眼都能背下来的《白雪公主》，非让我盯着书一字一句往下念。没办法，只好遵"孩儿命"，我可是他们心中的"老顽童"姑姑和妈妈哦。

声情并茂地讲至狠心的王后装作卖梳子的老太太正要去害死白雪公主时,忽然母亲在客厅喊孩子们快去看每年暑假都热播的《西游记》。呼啦一下,像来时一样,几个侄儿相互簇拥着出去了。

正待歇口气呢,发现儿子还认真地守在跟前,我心里一热,赶快继续讲下去。接下来的段落我讲得津津有味,儿子也听得入神,并且因为耳熟能详,只见那小嘴也轻轻嚅动,跟着讲述的节奏一开一合。

呵呵,小家伙早都背下这故事了,说不定还在盯着我会不会说错或者删节呢,以前就曾经被他抓个正着,罚我从头再来的事也不是一次两次了。可我今天一定不会偷懒,怎么也不能辜负这唯一的"赏识"呀。

狠毒的王后终于自我放逐,真是大快人心!

儿子长长吁口气,看到小人儿如释重负的样子,我怜爱地摸摸他的头,刚要表扬他听故事的专一和认真,可没等我张口,小家伙先发言了:"妈妈,我算是给你了很大面子吧,硬是忍着把故事听完啦!现在我也要去看《西游记》喽!"

话音未落,小身子早已蹿了出去,留下我手捧书本张口结舌一时无言。

吃 败 仗

有一天，上小学四年级的儿子回家比平日晚了半个小时，真是让人着急。因为是周五，我本来是应朋友之约准备带他出去吃饭的，儿子没按时回来，等得人心焦。

我站在阳台上张望了好半天，终于看见那个小小的身影出现在楼下。我给他打招呼，儿子没精打采地看了我一眼，慢吞吞地上楼进门来。我告诉他要带他出门去，并没见他有多兴奋。我忙问怎么了，是不是挨老师批评了。他却不友好地反问我："前三名的学生还会让老师批评？"

真是个自负的孩子呀！我在心里感叹一声，想明天在家休息时一定要和他好好谈谈心，让他明白好学生也会犯错误、挨批评，不是事事都顺心的。随后我们母子一起出了门，在出租车上我才发现儿子脖子上有抓痕，明显是被别人抓破的。我这才意识到他一定是和同学打架了。

这还了得？！从幼儿园至今，儿子就从来没有和别人家的孩子打过架。虽然他是个男孩子，但因为和我待的时间多些，就比别人家的男孩子更乖更听话些，少一点点阳刚之气，自然不会和人家斗殴。当然这也是我教育孩子时始终贯穿的思想：做一个听父母话、听老

225

师话、成绩优秀的好孩子。

孩子这几年的良好表现真是让我省心不少,我也常常有意夸奖他,他也很信任我,一般在学校里发生的事情他都会主动告诉我的。但是今天却很奇怪,无论我用什么办法,套问、吓唬,甚至激将,他都不肯说出来是怎么回事。我带着有点气恼的情绪与朋友见了面。朋友安慰说不用再逼问孩子了,让他冷静一下也许就会说出来。

饭桌上,朋友的女儿和我儿子坐一起。小姑娘比我儿子大一岁,上五年级了。她也看到了我儿子脖子上的伤,竟然调侃说:"一准是为了班上的女同学和别人打架的吧?"

我装作没有听见,等着看儿子怎样回答。

谁知这小人儿一下暴怒,扔下筷子,站起来大声说:"才不是呢!男子汉大丈夫谁会为女生打架?我最讨厌的就是女生了!"

"那到底为什么?"

看小姐姐那么关心地问他,儿子终于开口诉说了事情的原委:班里成绩最差的男生因为总是得不到老师的表扬,开始挑衅成绩好的学生,已经打了一个男同学了,今天又要和我儿子"比武",结果儿子败下阵来,被抓破了脖颈。

我表示要去找他们的老师,一定杜绝这样的歪风邪气。儿子却不允许,说他们可以自己解决这个问题的。作为语文课代表,他准备下周和那个孩子好好谈谈,不想再使用武力。

我问他为啥刚回家时不肯给我说实话，儿子有点腼腆地说："因为人家力气大，我没有打赢。"我和朋友大笑，原来这孩子是爱面子，一场打输了的架就只能窝在自己心里啊。

带着一半担忧一半期许，儿子第二周星期一刚回家，我就迫不及待地问他和那个打架的孩子谈得怎么样。儿子颇有成就感地告诉我：对方最终被他说服，答应只要课代表能让老师表扬他一次，他以后就再也不和同学打架了。

"那么，老师最终表扬他了吗？"

"当然表扬了！"儿子高兴地说。其实，他只是让那个孩子帮助他做了一点课代表应该做的事情，那就是在他自己背会课文之后，盯住别的同学检查背诵。

"我那个同学完成得非常好，老师也比平常心情好，没有吝啬自己的赞扬。"

这是儿子最后补充说明的一句话。

东大街 19 号

  2003 年元旦，我们从南河桥矿管办家属院租来的房子搬到县城十字街新买的房子里，东大街 19 号 222 室。房子南北向，卧室采光相当好，客厅因为太靠近后面另一栋家属楼而被挡光不少，远没有卧室明亮。好在之前我们用白色乳胶漆重新粉刷过房子内壁，搬进去依然有亮堂堂的喜悦。

  儿子 1 岁零 8 个月，刚刚能走得稳，在新居的各个房间晃悠了一遍，出来靠在客厅的玻璃茶几旁要水喝。奶奶给他一瓶娃哈哈饮料，小家伙喝完就来劲了，趴在茶几上做飞行状，说是要给他奶奶飞一个看，结果还没飞起来，茶几的玻璃台面就因为一条腿不稳而摔碎在地上。哗啷啷一声巨响，儿子扑进我怀里大哭，我婆婆回过神来，直抱怨搬家第一天就损坏家具，眼神里有一些隐忧，也许是觉得不够吉利。可我却一点都不在乎这些，相对摔碎茶几来说，婆孙俩没有受伤就是最大的福分。

  其时，我们因为买这套八十多平方米的二手房早已负债累累，就算最便宜的玻璃茶几不过一百多元,也还是在两个月后才添置到家。

没有茶几的日子一样是快活的,我把苹果切成各种花样,装盘,搁在电视柜上,由儿子一趟一趟给我和他奶奶拿来吃。多数时候孩子的奶奶是不吃的,说她咬不动,嫌酸。儿子胖乎乎的小手拈一块苹果,颠颠地从电视柜旁跑来沙发跟前,扑到怀里来喂我,待我欲张嘴时,却又迅速塞进他自己的嘴巴。看着我故作惊讶的表情,胖乎乎的小人儿嘎嘎地笑了,嘴里的苹果便掉到我手心里,然后我再以神速吞掉它。母子俩笑倒在沙发上,当奶奶的在一旁也豁着牙笑。真是快乐的时光!

年底里,亲戚们来城里赶年集置办年货,所买大包小包的东西全都要在我家里暂时寄存,午后散集时再拿回去。亲戚们都说我们住在十字街就是好,通四面接八方,再没有比我家更方便的歇脚地儿了,何况二楼也不高,搬个重东西也不吃力。

外甥们年关跟前摆摊卖点心,到夜里就把摊子搬到我们家,笨重的东西直接放楼后柴房。一大早又来搬出去,出出进进总要热闹好一阵子,感觉那个年味儿,就是亲戚们来来往往才越来越浓厚的。

那一阵子,住到县城东大街19号的我们家,人气可真够旺。

置身街市中心,小区却一点都不喧嚷。临街的那一面隔着一层门面房和另外一栋同样六层高的家属楼,靠右是县武装部的办公区,靠左就是民居了。我们的楼房藏在许多楼房的后面,僻静安然。当然也有不足之处,那就是夜里不容易看到月亮,除非是到后半夜。

刚入住那会儿,跟邻居们还不相熟,常记不住刚刚在街上遇见的是几单元几楼的主人,彼此点个头就算打招呼。后来,同楼三楼的老太太和我婆婆熟悉了,我去上班的时候,两个老人领着各自的孙子在一起拉家常。慢慢地,就彼此了解了两家人的家庭状况,如儿女们的工作、孙辈们的学习等。等我回家来再由我婆婆转告我,渐渐感觉这家人就像我们家曾经的一个远房亲戚,现在变成了近邻居。她家孙子小名叫龙龙,我婆婆称呼老太太为"龙龙他婆"。

幼儿园和小学,儿子都和三楼的龙龙同班,两个孩子同出同进,一起在院子里玩儿,相处很友好,少矛盾,也不会打架,确实让人省心。龙龙他婆针线活儿做得好,尤在每年寒衣节上给亡人做纸衣服最是手巧。老太太常常提前两个月就在家里一件一件赶制,到了寒衣节前三天就摆街上去卖。被子褥子帽子及上衣裤子鞋子袜子一应俱全,颜色也搭配得好,会吸引不少顾客。

暑假,家家的孩子都自由了,大大小小齐聚在院子里,有十一二个,玩水仗、弹弹珠,风一样窜过来窜过去,风里裹挟着童稚的呐喊和尖叫。一日午后,趁我小睡的工夫,儿子下楼去约了八九个一般大的孩子在院子里捉迷藏。因一单元进院处有个拐角可藏身,孩子们就据守那儿玩闹,吵得那边楼上人不得安宁,一楼的张法官忍无可忍,出来站院子里将他们好一顿训斥。

张法官口才好，智商高，他并不训孩子们，而是谴责这几个孩子的父母如何不重视家教，"如此失职而枉为人父人母！"质问语句之凌厉犹如审判。不说孩子们被吓得一窝蜂藏在三单元楼道里不敢出来，我这个做母亲的也只敢猫在卧室里暗自惭愧。等张法官回屋去了，孩子们才试探着从楼道溜出来，然玩心仍在，并不立刻就自回家。我站在阳台上，轻轻给儿子打个呼哨，小人儿抬头看见，再招招手，就跑回来了。

我说："妈妈今天因为你而被人狠狠骂了一顿，心里好难过！"

儿子就不自在起来，小脸儿慢慢变红，头低着，小脚前前后后蹭了一会儿地板，然后小声说："妈妈，以后你午睡时我就不下去玩了，等大人们都上班去了再玩吧。你不要难过了好吗？"

我一笑，儿子立马黏到我身上，让抱抱，要给我讲故事。他说楼下的迈迈爬到柴房顶上取羽毛球，下来时被钉子挂住了。

"挂哪儿了你猜？"儿子眼睛发亮，一脸神秘，"挂到迈迈的小牛牛上了！还是我喊来他妈妈把他抱下来的。"

我告诫他不许上房顶去，要是也被挂住，那可就羞死喽。儿子就再讲一个关于小牛牛的故事，对面平房里有个胖孩子，那天正和他们玩得欢，他妈妈忽然站在门口拖长声喊"割球，割球……"他们一抬头，只见他妈妈手里拿着把菜刀，大家可是吓坏了，以为又闯了祸，人家要来惩罚他们呢，呼啦啦作鸟兽散。再碰头聚一起，才知道那个胖孩子名字叫郭邱,他妈妈边做饭边想起唤儿子回家,一帮傻孩子只当要割他们的小牛牛。成县话"割"与"郭"同音。

母子俩一齐哈哈大笑,儿子边笑边喘着气解释:"妈妈你不知道,我们一到院子里,就把牛牛叫球球,还把龙龙叫老张,迈迈叫老姚,胖胖叫老郭,我就是老陈。嘘!千万不要让爸爸知道,老陈可是爸爸的名字呢。"

一晃,儿子小学一年级了,学校与家门就隔着一条巷道,不远,也不用过马路,完全可以让孩子自个儿去上学。因学校要求新生必须接送,我和先生约好,他送我接。那时候他的工作单位终于离家近了些,总算能和我一起照顾孩子了,我婆婆也已经回乡下去带其他孙子了。

"5·12"大地震那天,约莫先生刚送孩子进校门的时候,我们遭遇了平生最震撼的地动山摇。一向后知后觉的我,当五楼六楼的邻居都从我家门口跑下楼去时,这才稀里糊涂也跟在别人后面跑了下去。院子里站满了惊慌失措的人,有个老太太估计是从被窝里刚出来,穿着极鲜艳的秋衣秋裤倚在儿子身上瑟瑟发抖。

匆匆往学校奔去的半道上,遇到送儿子回来的先生,一脸严肃和惊悚。一小段路,俩人几乎没说一句话,进校园看到孩子们被老师陪着站在操场上,女孩子围成一堆哭,男孩子三三两两蹲地上好奇下水道为啥会"泼"出来污水。场面乱极了。我们领孩子回家简单收拾了一下，就直奔乡下娘家避难。

三个月后回来，正赶上政府组织勘察各处灾后楼房是否安全，小区一共四栋家属楼，勘察的结果是还数我们所住的那栋受灾程度最轻。仅从我们家来看，不过一面承重墙有裂缝，门窗闭合不及之前紧凑，其他还真无大碍。

一天，我在院子里见到我们楼长指着楼房给另外一人说："这么大的地震，这栋楼受损不大，也是多亏了我们楼上的老邓！当年盖这楼，老邓自愿当监工，拎两个火烧馍陪着工人们受热受冷冻，硬是把住了工程质量关……"

我认识楼长所说的老邓。老邓已退休，爱穿长风衣，配礼帽，走路有点外八字。见面你问他就答应，不问也不和你主动打招呼，常常独来独往，貌似有些孤僻。但自那以后，每遇到老邓，我都要问候他，并心怀敬意，时间长了，他竟偶尔和我聊几句，也逗我儿子玩，挺有人情味。

三单元有我一个好朋友，县法院民庭的庭长王帆棣，年轻时自恃貌美，文笔不错，发表小说喜欢用王美做笔名。后来忙于公务，荒疏了写小说的营生，但总归还是爱好文字，有时难免技痒，就写随笔，颇有看头。帆棣兄与我共有一拨文友，常来我楼上做客。因他家住一楼，朋友们就常到他家去，然后呼我下楼。有几年，常来往的有我们身边的"文曲星"翼之先生，已故的茹久恒兄，写诗写小说的医生朱金旭和现在与我共事的陈建云等人。几个人聚一起谈读书，谈写作，每有高论，帆棣兄都当敬酒。毕恭毕敬端一杯酒，不容人拒绝的诚意，小小的聚会场面忽然就有了庄严感。

帆棣兄爱酒，翼之先生亦好饮一杯，金旭与我属闻酒香就动心的那种人，唯久恒兄与建云先生不沾酒，只在一旁笑看。有人多喝了几杯，话难免大起来，就有了狂劲，真是很可爱。再敬，再饮，以致"忘形到尔汝"。久恒兄实在看得忍俊不禁，会装出无奈的样子，眨巴眨巴大眼睛，大叹文人无行。

有一阵子，大家见面喜欢谈论王小波，因我读王小波作品不多，帆棣兄大方地将他的《王小波全集》借给我。那段时间就迷上这套书了，生怕时间长了主人惦记，就抓紧时间读，深味书非借不能读的妙处。还书之后，我自己才在网上买了一套收藏起来。

后来久恒兄出车祸离开了我们，帆棣兄的女儿面临高考，小范围的聚会挪到二楼的我们家。这时候，王子兰已从北京深造回来，以她的聪敏有趣和才情高酒量好给我们的聚会平添不少雅兴。我与王子兰皆爱本地夏氏黄酒，因酿酒人夏亚辉是我们的高中同学，亦能诗文，喝他的酒除了放心，同时觉得夏氏黄酒里有我们的同窗之谊。有几年的冬季里，我与王子兰常常隔三岔五在我们家煮黄酒喝，一下午可以喝掉二斤多酒水，也不会觉得有醉意。记得一回碰巧翼之先生也在，三人共饮。一只煮酒的电热水壶，直接放在木地板上，插上电就开煮。一阵子没有照看到，那酒在壶里沸腾，眼见得如喷壶喷水，咕噜噜就溢了一地板。翼之先生和王子兰在一边大喊："溢了！溢了！"刚从厨房出来的我以为二人对诗得了好句，正在赞叹欢呼，及至明白过来，一壶酒大半已洒落地面，叹惋着清理完，三人同时说满屋子酒香真好闻。

一楼靠东的邻居买了新房子，搬出去住了，旧房子租给一对年轻人结婚用。那天下班回去，新娘子已经迎进门，深绿色单元门两旁贴着喜气的红对联，我着意看了看，联语为：十里好花迎淑女，一庭芳草贺新郎！都不及看横批，心里就欢喜得不得了，一庭芳草，这不就是说我们这些老住户吗？幸甚至哉！赶紧上前敲门，要给新人道喜恭贺，然主家已去了酒店，未能一晤。

新夫妇在我们楼下住了约半年时间就搬走了，后来那套房子就频繁换住户，有学生，也有生意人，都是住不了多久就离开。后来拆迁时，干脆做了勘探人员放置工具的库房。

靠西住着的，也就是和我家楼上楼下的邻居，是一个独居的退休女教师，姓何，也是个居家佛弟子，一年四季诵佛号，白天黑夜地点着香烛。我回家路过，若门缝有细细的熏香味儿，就知道何老师在家。每遇农历的初一十五日，常见何老师身穿运动衣，背个登山包，与同伴一起出城去，说是进庙里烧香，兼爬山锻炼。

有一阵子，我们这边一到六楼的主水管因为太陈旧开始漏水，受害严重的就是何老师家。发现的时候,她家吊柜里的蚕丝被和几件棉衣全都受潮发霉,不能穿用了。后来几家人商量凑份子换水管,考虑何老师受损严重,又是单身,我多出了一份钱,结算后何老师把多余的钱拿上来退还了我。谢绝的几句话说得慈祥,也说得坚定,不由得人不敬服。

四楼和我们同一方向住着儿子幼儿园小班的班主任蒋老师,温柔小巧的文县女子,说一口地道的成县话。还记得儿子刚入园报名那会儿,允许家长和孩子选老师,我都没来得及细看其他三个报名点上女老师的面孔,三岁的小人儿就拉着我的手径直走到蒋老师跟前,毫不犹豫报到她班上了。

一天从幼儿园接孩子出来,我们先去街上买了点小东西,回来在院子里竟然遇到蒋老师,儿子奶声奶气给老师问了好,我这才知道蒋老师是我们四楼的邻居。真是再好不过!儿子越发喜欢去幼儿园,并常常要在楼道或者院子里留意蒋老师的身影。遗憾的是蒋老师比我们去学校早,又比我们回家晚,还真不容易遇上。同楼而居,熟悉之后我们也互相串门,知道彼此的一些家庭状况。偶尔我去接孩子晚了些,蒋老师就直接把孩子给我领回来。她有个生得跟妈妈一样白净,但比妈妈还漂亮的女儿,那时候也就十二三岁的样子,有两次敲门提醒我拔掉插在门锁上的钥匙,在我道谢之后就会把两只大眼睛笑成弯弯的月牙儿。

在这儿住了一年多时间，知道对门女主人是位受人尊敬的老师，知道三楼靠东住着我侄子的小学班主任、西关小学的优秀女老师，还知道文友帆棣兄的爱人也是位优秀的小学老师，单名一个芳字，是我名副其实的芳邻。一楼有何老师，现在又知道儿子最喜欢的蒋老师，就更觉得我们当初买房子的确选对了，仅我们这个单元，我认识的女老师就有四位，真可谓住到了教师楼上，何其有幸！

因为是旧式楼房，没有物业管理，大家一致推举一单元一楼的张法官为楼长，负责全楼的水电暖等管理事宜。每到年底，张法官总要抽出几天时间来挨家挨户查水表，预收水费卫生费。张法官善饮也是在我们楼上尽人皆知的，每到一家抄完水表，总有好客的主人敬酒与他以示答谢，常常一个单元跑下来，满楼道都是张法官爽朗开心的笑声，微醺中偶尔还唱几句，不成曲调，却别有几分豪情。

忽一日，楼下来了个叫阵骂街的中年男人。站在院子里，仰头往高处送去他的各种腌臜话，并提名叫响是送给某某人。某某人正是我们的邻居，也是个法官，据说叫骂的男人是和自己的亲弟弟打官司，哥俩都给法官送了礼，结果案子依然秉公办了。这个人不服气，认为既然收受了贿赂，就不该再充当铁面包公。

就为咽不下的这口气，那个瘦嘎嘎的男人极尽骂人之能事，专等午休那段时间前来叫阵。整栋楼上的住户那一阵子估计没人睡过午觉，因被骂的人不肯出面，其他人也无一人出来平息事态，看戏一样，大家就这么听着看着。那人也不知道从哪儿搜集来那么多难听的话语，几乎没有重复，从人家的祖宗八代一直到后辈儿孙，尽情骂了个遍。所用词语和意向大多与人体生殖器的功用有关，这让我想起阿城的小说《天骂》，感叹我们陇南山区竟也有和太行山区一样的民俗。

午时，家家的孩子都在。不知道别家是怎样的情形，我却遭遇了儿子不断提问的尴尬，小人儿一脸认真地问我，那个人为啥天天来骂人？他骂的话是啥意思？我不能给出正确的答案，只好打岔不让孩子听，我们关紧门窗，调大电视声音，窝在沙发上看动画片，直到上班上学的时间带孩子逃离。

半个月后，那人就再也没有来过，据说法官后来给对方赔了礼道了歉，双方达成了和解，这场惊扰了大家的丑事就此罢休。

2010年春天，我在阳台上花盆里栽了一株金银花，一年后，花儿的枝蔓就顺着窗台钢筋一直攀爬到三楼人家的阳台上去。夏夜，人坐在阳台摇椅上，能闻到隐约的花香。明知道花儿殷勤地开到三楼人家去了，还是要仰着脖子看了再看。要是愿意坐到后半夜，恰又是有月亮的晚上，花香就更纯粹，黄白间杂的花儿乖巧地闭拢在月光下，睡着了似的，人反倒没有了倦意，愿意一味醒着，陪它。

我父亲进城来，总是在我们家稍作停留就告辞，说是喝茶时间到了，必须回去过茶瘾。为了让老父亲留下吃我做的手擀面，我从商场买来煮茶的小电炉和沙坝罐罐窑上产的土陶茶罐,备一根雪糕中间的木柄做茶篦子,供父亲煮罐罐茶喝。

一年当中最热的那几天,我们在地板上铺一块竹凉席,茶炉置于茶几上,一家人团坐地上喝茶聊天。面前墙壁上挂着父亲画的六尺整张牡丹图,映在身后一面墙的镜子里,人像坐在花丛中。茶罐儿煮得咕嘟嘟响,母亲呼啦啦摇响蒲扇,颇有些乡野趣。

父亲去世后,一回梦见老人家又到我家来,真是让人喜出望外,见面的瞬间,我紧紧拥抱了父亲。这是父亲活着的时候从来没有过的事情,还是小时候常被父亲背着抱着,成年后就再也没有和父亲亲热过。那回梦里抱着父亲,很久都不愿松手,失而复得的惊喜和不舍,就像不是在梦中。

儿子初中毕业那年,我婆婆来我家小住,不幸被前院里马姨养的小狗咬伤了脚腕。当时我们都没有在跟前,马姨带着我婆婆第一时间去医院处理了伤口,并注射了狂犬疫苗。在家休养的那段时间,马姨几乎每天都上门来探望,六十多岁的人了,长得又胖,每回来还要带礼物,一回抱着个三十多斤的大西瓜爬上二楼来,进门好半天喘不匀气。我还真没见过西瓜长那么大,胖胖的马姨拼尽全力把它搂在怀里,脸上挂满了汗珠子,让人心疼又感动。

马姨告诉我婆婆,那只闯祸的小狗已经送给山里亲戚让拴起来了,原本她儿子说要杀了吃肉,她可不忍心,趁着儿子没在家悄悄送了人。我婆婆多年礼佛，一听这话越发喜爱马姨，俩人竟因为一只狗结下一段情谊。如今我每回乡下，我婆婆还要问：前院里你马姨还好吧？

后来几次去医院打疫苗，都是儿子背着他奶奶去，十六岁的少年已经长得一米八高，背起他八十岁的奶奶一溜烟就下楼去了，半小时后又噔噔噔背回来。这个当年的小人儿，胖乎乎的小手常被我牵着来来去去还没几年，忽然就长成高高大大的少年，时光真是太快了！

2018年8月，我们的住宅楼被圈进棚户区改造的范围，专业人员将各家各户的房子进行了评估，通知我们必须在2019年3月前搬离。住了多年的旧房子，又经历过2008年的大地震，能被政府组织拆迁是个好事情，可毕竟大家在一个院子里住了近二十年，不管是对自家的房子，还是身边的邻居，感情上真是难舍难分。这个拆迁的事情对大家来说，是有喜有忧。

一天下班回来，远远就看见一单元那栋楼的外墙上大大的"拆"字，红颜色，套着红圈儿，那么醒目，那么刺眼！心情一下就低落了，回来先不做饭，先到处转转看看这给我遮风避雨的家，想到已没有多少日子与之共处，心里的怅惘自不必说。

转眼就到了搬家的日子，经过整理，旧家里舍弃了不少物件。想起老人们常说的一句话："家住三年搬不动，搬家三年一根棍。"

还真是的！日积月累往家里积攒，一旦要搬离，又不得不有所取舍。平日整洁干净的家，陪着我们笑也陪着我们哭过的家，在分别的时候，已然狼藉满地面目全非。而楼下，更是不知如何形容的脏和乱，似乎一夜之间，无人再爱我们这个小院子，都弃它于不管不顾。实际上也是没有必要再管再顾，要不了几日，这里会被夷为平地，新的建筑又会落地生根。

回头再看一眼我曾经的家，忽然发现何老师窗前水泥地的缝隙里，长出来一丛绿叶吊兰。我把它小心地拔出来带回新家，栽进宝蓝色瓷盆里，浇上水它就活了，实在好养得很。如今它一天天旺盛起来，带着我们共同的记忆密码，在我书房朝北的窗口沉默着。只是不知道一楼的邻居何老师独自一人搬去了哪里？

2019年10月20日，我在微信朋友圈看到一个视频，挖掘机将一栋楼房从中间挖断，两边的钢筋水泥楼体朝中间倾轧下来，轰隆隆一阵响，整栋楼就垮塌下来，腾起的烟尘就像蘑菇云。只看了一眼，我就认出来是我们家住过的楼房，被挖掘机挖断的，正是我们二单元，曾经盛开过金银花的那一面阳台所在的位置。

逐 客 记

大年初三,我们从朋友家玩回来已是凌晨时分。

家里的老鼠早已等不及,生物钟促使它大胆地从窝里爬出来,顺着窗帘,哧溜一下先到窗台上,正准备跳到地板上时,忽然发现我们一家三口正站在屋子中央看着它。

儿子先喊道:"啊!这家伙!"

显然,老鼠被我们吓到了,它稍稍一愣神,飞速地掉头就跑。等我拿来晾衣竿,想要敲打它的时候,却再也找不到它的踪影。想必这家伙已然安全躲进我们的房顶——它的安乐窝里去了。

去阳台上取晾衣竿的时候,我心里根本没有抱任何希望,只不过拿个工具给自己壮胆。与鼠同居半年有余,早已深知它的狡猾与敏捷,我又怎么奈何得了人家!然而,到底不甘心,还是用长长的晾衣竿把厚重的窗帘抽打了几下,一来给鼠以震慑,再则也算是解气了。

说到这只让人生气的老鼠,真不是一天两天的事。初来造访,应该是我出门倒垃圾没有关门的空当，推算起来刚好是去年秋天中元节之后，毛栗子正当时。

一个早晨，我去厨房打豆浆，发现先一天晚上泡在碗里的黑豆子和黑米撒落在案板上，碗里的米和豆明显少了些。问我家陈，有没有动过碗里的东西，得到的是既诧异又不耐烦的回答："没有！动它干吗？"

儿子已经去了学校，想必是他不小心给打翻的也有可能。没有再多想，我把碗里剩余的豆子和黑米加上一小撮小米，用豆浆机打成杂粮糊吃了。中午回家问儿子，也说并没有动碗里的东西。我心里便有些犯嘀咕。洗锅的时候，突然发现一些泡过的豆子和米藏在水池旁边粗大的水管根部。这下，我心里更是咯噔一下，非常不舒服了。

我暗想，这一定是谁来过厨房，并且动了碗里的东西。

会是谁呢？

看到我一整个中午都呆呆的样子，陈开始嘲笑我，说我是不是又发什么神经，开始胡思乱想了。

我没有回答他，但我的确是在胡思乱想，并且胡想得连我自己都暗暗吃惊。可我又不想说出来，我期望自己的胡思乱想是真的，却又怕它果然是真的。怀着这样的矛盾心理，我度过了一个无所事事的下午。

记得那天是 2017 年中元节后一天。

记忆如此清晰，是因为这个中元节我去南山上坟，父亲的坟墓下方，多了一处新坟，坟主人是比我小两岁的弟弟。

豆米洒落事件之后的当天夜里，我专门又泡了黑豆和黑米，还放置在原地。盖上防尘罩的时候，我又有了那种矛盾的心理，既希望今晚的豆米不要再被谁故意弄撒了，又暗暗祈祷，假如真有人来过，我希望是弟弟。我已经好几个月没有见到他的面了，我很想念他，但我又无处诉说对他的思念。

翌日凌晨，我起床后第一件事，就是去厨房看我搁置在防尘罩下的碗。和前日一样，豆子从碗里被搬移到水池，聚成一小堆。

吃惊之余，我心里有了些许不安。那天我没有做饭，进去厨房好几趟，长时间站在水池边，我感到浓烈的忧伤。我被自己的疑心所骗，一门心思认定是弟弟想我了，专门来看望我，又怕我不知晓，而留一点痕迹。

记得那天在南山上，我曾给弟弟说，让他放心，孩子们和弟媳有我们大家照顾。想必他在地下听见了，心有所感，故而回来看看我。

晚上，我睡不着的毛病又犯了。凌晨 1 点、2 点，我都是在翻来覆去的煎熬中度过的。以前睡不着，我就开灯看书，直到有十足的倦意。可那天晚上，我不想看书，更不想开灯。

就在黑暗中，我凝神屏气仔细捕捉空气中的任何一点细小的声音，我祈祷有一声熟悉的喊"姐姐"的声音。可是什么也没有，很久之后，我无奈地睁开眼，朦胧的月色透过窗帘漫进来，屋子里没有先前那么黑了。

月光把窗前灰蓝色的帘子漂得发白，像一块大大的银幕。小时候在村中碾麦场看露天电影，银幕就是这个颜色的。我领着弟弟，席地坐在麦草垛跟前，电影开演不一会儿，他就靠在草垛上睡着了。我怕有虫子爬到他的耳朵里，干脆抱他坐在我腿上，电影演完，他也睡醒了，我的腿却已失去了知觉，站起来揉它好一阵，才能领着弟弟走回家。

多年以后，我们就再没有一起看过电影了。县城修第一家电影院的时候，我父亲从五中被借调到那儿搞财务，影院建成，我父亲又被调到离县城较近的三中。记得那年上映《少林寺》，影院赠我父亲几张电影票，我跟上大哥二哥去城里看电影，弟弟小些，我父母不放心让我们领了去。隔了一阵子，又看了《红牡丹》，那回我们带弟弟同去。

就在月色漂白的窗帘上，我把曾经和弟弟一起看过的电影又重新看了一遍，把抱着他看过的电影也重新看了一遍，天就快亮了。凌晨5点半左右，客厅里传来轻微的瓷器摩擦的声音，我那刚在电影回放中松弛下来的神经再度紧绷，绷到满头散发几乎都要根根直竖起来。

在我还未回过神的时候,睡在隔壁卧室的儿子早已光脚站在客厅,随着手电筒的光亮,儿子瓮声瓮气地说:"嚯!原来是你这个家伙!"

我忙问他看到啥了。

儿子在门外告诉我:"妈,是一只小老鼠,偷吃陶罐里的毛栗子,很小很麻利,我只瞥了一眼,那家伙就钻进窗帘不见了。"

我在沉沉的窗帘背后,发现几颗米粒样的老鼠屎散落在窗台上。这足以让我相信,家里是来了不速之客,但不是我臆想中的亲人。

从此之后,我经历了长达半年之久的人鼠交锋。耗去不知多少脑力和精力,每次总是对方占上风。未发现此鼠时,家里的核桃、花生、栗子等干果是随意放置的,等我意识到要把它们藏起来时,明显已经迟了些。不能猜想仅两三天的工夫,这只小小的老鼠往它的安乐窝里偷运去了多少储备粮!

总之在我坚壁清野之后,人家还好好地猫在窝里有吃有喝。而它的安乐窝,竟是客厅的吊顶,里面中空,四通八达,可安睡、可跑步,反正我们是够不到它,除非把吊顶拆掉。有时候它在里面弄出响声,急促、欢快,来来回回,我猜想它可能在跳舞,以表达对新居的喜爱。

白天我们出门去,也不知它下地来活动没。到了晚上,专等我们睡下,它便下地来,要么碰响什么小物件,要么啃沙发底部的硬木头,甚至在地上唰唰行走,常把我从梦中拉回来。原本就不太好的睡眠，被这不速之客一折腾，半夜失眠便是常态，再加上这一年生活中无处不在的痛楚，心情极度沮丧。时间一长，我感觉自己快要撑不住了。

我寄希望于我家陈，给他诉苦，求他赶紧把这老鼠弄出去。他倒也重视，使用了多种治鼠工具，粘鼠贴、鼠笼、鼠夹、超声波驱鼠器。唯独没有使用鼠药，只怕它吃到躲起来，活不见鼠死不见尸可就麻烦了。

然而，没有一样是奏效的。

这只鼠，它就像成了精一样，任何危险的地方都不去，任何诱饵也不能使它动心。好几张粘鼠贴，没派上用场不说，还常常不小心被家人或者客人踩上，又烦又尴尬。鼠笼是从我母亲家拿来的，屡试无效，我母亲说旧鼠笼曾经关住过老鼠，有气味。换了新的，照样无用。

于是想到买鼠夹，商场卖家在教会我使用方法后，很郑重地告诫我，悄悄放在老鼠常出没的地方就行，给家里人都不能说，你一说，它就听见了，就不可能上当，老鼠可鬼得很！

这下我终于明白了，为啥前面那么多方法都不奏效，原是我们没有避讳，每回都大张旗鼓，必定是它听到了谋划和布局。

回去悄悄置好鼠夹，我真的没有告诉家里任何人。但那个工具比较危险，不小心是会伤人的，我只好把他放置于两张沙发之间的

247

旮旯，人的手脚都够不着的地方。夹子上放着蛋糕和腊汁肉，还有几粒花生米。我从网上查到这几样食物是老鼠的最爱。

同时，通过网络，还了解到，老鼠的智商极高，据说一只成年老鼠的智商和一个八岁小孩的智商相当，并且具有惊人的嗅觉和记忆力，尤其是对人的气味非常敏感。有经验的捕鼠者，建议大家在放置捕鼠神器的时候要戴手套，以免狡猾的老鼠闻到"生人味"。

天哪！我是真服了，想想刚放的鼠夹，不知留有多少我手上的气味，怕也是白用心了。

后来的事实证明，鼠夹无效。

这只老鼠，最终成了我们的心腹大患。既然捉不住它，就得无时无刻不防着它。家里从此不敢再往箱柜之外放吃食，就连喝水杯子，也得时时收进茶柜中去。这给我的日常生活增添了不少麻烦。最让我担心的是一些书柜里放不下的书，就那么任意摆在案头和窗前，我生怕它一时有了雅兴，跑去用尖牙利齿翻阅。万幸的是，这是一只不喜欢"咬文嚼字"的老鼠，它最爱的是我家沙发底部的木头，常常半夜三更跑去那儿磨牙。

老鼠一日未除，我一日不得心安。牵挂它在心头，念叨它在嘴里，以至于梦中，几回都在为它费神伤脑筋。我家陈更是捕鼠心切，一回梦里抓住我的右手使劲揉捏，痛醒来的我问他干吗，答曰抓住老鼠了，正在捏死它！

时间久了，我摸索出老鼠夜里出没的规律，晚12点和翌日早五点这两个时段它都会跑下来溜达一会儿，或者找地方磨一会儿牙。我感觉它就是专门来跟我捣蛋的，12点是我躺床上似睡非睡的时候，眼看梦乡在即，它却弄出声响，一丁点睡意顷刻消失。有几回实在气不过，跑下床也去惊扰它，虽然抓住它不可能，但毕竟它是怕我的。每回都是我刚从床上起身，它就已经跑掉了，但我还是要脚步重重地走出去，或许还故意咳嗽几声，并且把客厅的灯开到最亮。

屋里就此安静一会儿，我的心也就静一会儿，同时还有点小小的快意，哼！害人的老鼠！你总归是怕人的，所谓胆小如鼠对吧？

可我却不能长时间和它耗着，静一会儿我还得上床去。灯一关，老鼠会继续出来，我就懒得再下去了，只好任由它胡作非为。这种搅扰，要么是它累了停下来，还我静夜；要么是我累了睡过去，任它闹腾。

我像祥林嫂一样，逢人诉苦，遇人说鼠。

终于有人告诉我，超声波驱鼠器效果非凡。我是第一次听说这个新鲜玩意儿，想象中应该是个威力无比的神器。巴巴地在淘宝网上买来安装好，同时把朝外的窗户打开一扇，以便老鼠逃生。准备妥当，立即插电使用超声波驱鼠。我当时的兴奋劲和好奇心一点都不亚于小时候第一回看电影，像紧盯银幕一样，我紧盯着那个黑色的塑料匣子，希望匣子发出神力，寄望老鼠在神力的驱赶下仓皇出逃。

好久好久，黑匣子依然让我失望，它只是发出一些声波的嗡嗡声。虽轻微，却直指人心。直到那无处不在的声波几乎要引发我心脏不适，老鼠还是没有露面，我怀疑是这仪器距离房顶太远的缘故。看了下说明书，才知道这东西要连续工作五十个小时之后，才能发挥最大威力。于是我硬着头皮让这嗡嗡声在家里持续了三个昼夜，老鼠没有爬出来，但也没有跑出去。倒是我，受超声波干扰，开始心律失常，整夜难眠。

　　这次驱鼠失败，我彻底灰了心。药物调整好心脏不适，我开始试着接受这位不速之客。

　　想起小时候，睡在土炕上仰头看纸糊的顶棚，成群的老鼠像赶赴战场的马队，迅疾地窜过去又窜过来，常把顶棚下的吊吊煤震落。那时候家具少，我母亲就把馍馍用篮子吊起到空中，以免鼠害，吃的时候，就要踩着凳子从高处往下拿。我弟弟就从凳子上摔过，摔得哇哇直哭。四壁的土墙角，无一不被老鼠打过洞，伏天下暴雨，屋后王海沟洪水泛滥，直接就通过鼠洞灌进屋来。晴天里，还有可能是一条蛇，从洞里爬进来乘凉。

　　那时候，我们家一直养着猫，也一直遭受喵星人把屎拉在粮食堆里又用粮食掩盖的闹剧。人鼠猫共居，我父母照样把我们健健康康喂养大，并没见得就如何仇视鼠辈们。现在，我家里不过就一只老鼠，既然它不走，就让它待着吧。其实早些时候，我儿子就给这老鼠诚恳地表白过：只要你不干坏事，我愿意当宠物一样养你！

有了这个想法，我的心慢慢安静了，再加上吃了两服安神养心的中药，睡眠质量大大提高。即便夜里老鼠在客厅照常活动，照常弄出各种各样的响声，我也能坦然入睡。直到次日凌晨它复出，用响动唤醒我。

不久，我感到自己的生物钟和家里这只老鼠的生物钟惊人地相似，夜间它活动时，就是我感到困倦时，凌晨我睡醒时，也是它继续活动时。

日子就这样过去了半年，我常有种错觉，我们不再是原先的三口之家，而是现在的四口之家。我上班走在路上，感觉是把老鼠留在家里，回来时，意识中有只看家鼠在等着我。

一晃过年了。忙碌的腊月，火热的大年夜，婆家过初一娘家过初二。短短几天假眼瞅着快结束了，几家好朋友初三日约到一起，吃喝玩乐到大半夜才散场。

我们从寒风中走回暖暖的屋里，已经是凌晨 12 点整，刚好就和老鼠打了个照面，彼此都感觉到惊吓。虽然接受了老鼠的存在，却也不常谋面。今夜再见，看到它贼溜溜的样子依然让人生厌，更何况它爬过的地方有股明显的异味。

我再次有了驱逐它的心劲，悄悄地找出鼠笼，内置了一块香喷喷的酥肉，再放了几小片白菜叶。我母亲几天前告诉我，她用白菜叶做诱饵，成功逮住了两只老鼠。安放停当上床时，儿子和他爸都已经开始打鼾。

对捉住这只老鼠，今夜我比之前任何时候都抱有十分的希望，我有种异样的感觉，也有种比较理智的判断，那就是它储存的食物应该到了快没有的时候了。因此今夜格外难以入睡，大约一直到1点半之后，我才迷迷糊糊有了丁点睡意。好像眼皮刚不由自主地合上，耳边咔的一声，我被惊醒来，心脏一阵猛烈的跳动。

随即，我也没有多想，几乎是下意识地起床跑去看鼠笼。灯一开，天哪！我看到什么了？我不敢相信，好像是老鼠被关进去了。因为还没有适应灯光，有些看不清，我又不敢接近鼠笼，索性跑回卧室摇醒陈，喊他出来同看。有他做伴壮胆，我走近看到真是老鼠终于落网，正在笼子里突围，看到我们，乌黑晶亮的眼睛里满是惊恐。

我问陈："怎么办？"

"怎么办？这还用问！立即处死它。"陈几乎是咬牙切齿。

我有点不忍心了，大过年的，放生到外面去吧。可他坚持不放，并说放生还要打开笼子，有被咬伤的危险。最终，我家陈把整个鼠笼扔进了拖把桶里，灌满水，上面压了重物。

第二天，老鼠被淹死了。

我彻底把屋里的卫生又打扫一遍，整理几本旧书，发现儿子小时候的插画书，里面有老鼠嫁女的故事。猛然想起，传说中这个古老故事的发生时间,正是大年初三的夜里。而昨夜,不正是初三夜吗?

那么,这只在我家里生活了半年的老鼠,是不是接到亲戚的邀请,准备去参加喜庆的婚礼呢?又或许,它想给新娘子带点吃食作为礼物,于是甘愿冒风险进鼠笼也未可知呢!总之,它是在自己族类有盛大喜事的夜里,闯入人类的陷阱而毙命的。

我忽然有点可怜它了。

十 字 街

县城十字街，打小就是我心中的热闹繁华地。

三十多年前，十字街最吸引我的，是西南角上的百货大楼。那时候整个县城里砖混结构的楼房实在罕见，而百货大楼不仅是两层砖混楼房，还是依着地形修建的转角楼房。

我爱随父母进城去，无非就是想上十字街的百货大楼。我母亲特别爱逛商店，虽然很多时候什么都不买，但她就喜欢把百货大楼里上下两层的货物看个遍，尤其是在卖布匹的货架前逗留的时间最长。成年后的我喜欢各色花布做成的衣裳，大约得力于母亲的遗传和影响。

趁着我母亲长时间流连货柜，我正好从楼梯上下几十个来回，数楼梯有多少台阶，是单数还是双数。对这个现在想来单调无比的数台阶，当时的我真是感到其乐无穷。

大楼的南面和西面各有两层楼梯，我常常从西面上去，绕过二楼的货柜从南面下来，再经过一楼长长的货柜，顺手扯拽一下站在货柜旁我母亲的衣襟,好让她不至于忘记了我,然后再次跑到西边上楼梯,数楼梯。

一回上到二楼去,迎头碰见我父亲在文具柜台前挑钢笔,我把鼻子贴到柜台玻璃上,发现里面有成排的乒乓球,五毛钱一只。趁我母亲不在跟前,我赶紧央求父亲给我买一只。在我母亲从一楼转悠上来之前,我已经用手掌拍打着乒乓球从南到西上下了两个来回。再一次下楼梯时,我照样把乒乓球扔到阶梯上,等它弹起来,再用双手接住,如此往复。不幸的是再扔它下去时,正好撞在台阶的棱面上,没有弹起来,而是滴溜溜滚了下去,恰好呢,就被一个要上楼来的男人一脚踩扁了。

我一时大哭起来,那个男人捡起踩扁的乒乓球还我,可我哪里肯要,却又不敢说让人赔。我母亲赶过来,不但没让人赔我的乒乓球,反倒把我和父亲数落一顿:"要这干啥?惯娃惯得没个样子!"然后接过被踩扁的乒乓球气哄哄拉上我就走了。

那天在街上我就觉得格外没意思,好不容易转回家去,我母亲把那只扁扁的乒乓球放进盆里,倒进去刚烧开的热水,乒乓球神奇地复活了,恢复了它圆圆胖胖的模样,扔到地上照样弹起来,只是声音听上去不清脆,用我母亲的话说"瓜声瓜气的"。当然也是因为家里的土地板不及百货大楼上的水泥地板和台阶更适合乒乓球弹跳。

我真是佩服我母亲，脑子里装满了不动声色的生活小经验，一些看起来没用的东西，经我母亲的手拾掇拾掇，就又变得有用处了。那些年的清贫生活，也真亏得有我母亲的这些小经验，日子似乎并不显得有多艰难。

秋天里，我母亲学校里调进来两位家在城里的老师，其中有个姓张的大姐姐，高挑身材，长辫子，性格开朗活泼，下雨天回不了家时就来我们家吃饭，由此格外喜欢我。我母亲让我喊她海云姐姐。海云姐姐每天放学后和我母亲搭伴回家，到我们家门口才分手。从学校到家门口这段路，海云姐姐走几步就用手托着我的下巴把我整个人提起来，然后再用右腿的膝盖在我屁股上轻轻一撞，就像踢毽子一样把我往前提溜一大步。有时候会弄疼我的下巴，可我长得小，没有力气挣脱，胆子又不大，不敢告诉她弄疼我了，只好委委屈屈忍着。

有一天，海云姐姐告诉我母亲，说她家有亲戚送来一些牛肉，她要领我进城去吃肉。那天放学后，我母亲专门给我换了一身干净衣服，让我跟上海云姐姐进城去。好在那天海云姐姐一直牵着我的手，并没有再像踢毽子一样帮我走路。我跟上她的大脚步一路小跑，非常愉快地路过十字街，走进北大街靠里很深处的一条巷道，来到她家。

那回吃过的肉味我早就忘了，忘不掉的是海云姐姐带我去逛十字街，还在百货大楼里给我买了一只好看的发卡。金丝珐琅发卡，麻花状，别在头发上闪闪发亮。因为太喜欢，我仅让海云姐姐帮我戴上试了试，就小心翼翼拿下来，一直握在手里，直到临睡觉才放下。

第二天一早，海云姐姐帮我梳好头发，戴上发卡，又拉着我的手回到学校里。刚进校门我母亲就看出来我把裤子穿反了，原本缝制在屁股上的小裤兜耷拉在腿前面。海云姐姐和我母亲笑得前仰后合，根本不管早已臊得满脸通红的我差点就要哭出来。

因为满心里惦记的是金丝发卡，我居然把裤子都穿反了！这要是在自己家里倒还不算太丢人，可错误偏偏犯在城里的海云姐姐家，这还不够，竟然又经过了繁华热闹的十字街！

这个事件对我的刺激有点大，以至于每看到那只发卡，便让我想起这桩无法弥补的糗事。由此，我便不再戴它，也不敢再拿出来把玩，我把它掖在枕头底下，偶尔伸手进去摸一摸。终于，有一天，金丝发卡在枕头下扎着了我的手，它被我压断成两截。

我悄悄把断了的发卡扔到屋后的深草丛中。先年衰败的秋草在春天里长得尺把高，油绿发亮，草丛是大地的秀发，金色发卡的两截半环深陷其中，像月牙儿别在秀发上。海云姐姐在春天里做了新嫁娘，不再来我们学校当老师，她原是替人代一段时间课。没人从下巴上提溜着我走路，有好一阵子，一听到放学铃声响，我就觉得下巴痒痒，总想挠挠。

到我识的字能看懂小人书时，十字街更加让我迷恋。

我们那时候把小人书统称"画本"。十字街百货大楼正对面，西北角上，是县城唯一的国营书店"新华书店"。不知道出于什么原因，书店的地基建得非常高，距离街面有近两米的样子。书店也是依地势建的转角楼房，两层。转角突出的地方，是一个两三米见方的平台，平台下数十级台阶延伸到街面上。就在那个宽宽的平台上，摆满了密密麻麻的画本，有个中年男人守在旁边。画本只租不卖，两分钱一本，就势坐在书店的台阶上看，看完立马归还。

每回跟上我母亲进城，都看见有坐在书店台阶上看画本的孩子，三三两两，实在让我羡慕。我也想租上几本画本好好看个够，家里仅有的几本陈旧书籍和一些连环画报，早已被我翻了个遍。但是我母亲没有一次同意我租看画本，除了进城总有忙事，没时间在那儿消磨，最重要的原因是我母亲不肯在那上头有额外花费，理由是花了钱，可东西最终得还人家，不是一桩划算的事儿。

然而，机会最终还是被我逮住过一回。

正月里，我母亲的另外一个女同事，家住在南街口，因和我母亲交好，大年初二就来我们家拜年。我母亲原说她要亲自去回拜，可是过年我们家最忙的就是她了，哪里又能腾出工夫来。终于拖到初六日，我母亲直念叨把人家得罪了，准备好礼品刚要进城去，可巧我姑姑从邻县来，她就又走不掉了。最后只好让我代她进城拜年去，走时一再给我叮嘱，说去了给人家解释她不能来的原因，还说不能要她同事给的压岁钱。本来差个孩子去拜年就失礼,再拿人家压岁钱那可就更说不过去。

我因为跟上母亲去过她的同事家,倒是轻车熟路找到了。更巧的是就在我母亲同事家院子里,遇到了和我一起上小学的同班女同学,她们两家同住一个小小的四合院。女同学看到我自然也很高兴,直接陪着我进到我母亲的同事家。我母亲的同事给我们端来一瓷盘葵花子,上面散放着十多粒奶糖。我告诉阿姨我母亲不能前来的原因,自己先已经羞红了脸。我母亲的同事是个圆脸盘白皮肤的好看女子,她笑嘻嘻地给我和同学各剥一粒糖喂到嘴里,说她借我母亲的教案书需要我带回去,然后转身到挂了门帘的一间屋子取书。

就在这个空当里,我的同学麻利地把桌上瓷盘里的瓜子和糖倒进了她的上衣和裤子口袋。等我母亲的同事拿了书从里屋出来,已是盘中空空,她瞥了一眼桌上,愣了一下,却也啥都没说。我当时真是无地自容,因为拿了人家东西的我同学,正襟危坐,装得跟没事人一样,倒是我,满脸都在发烧。那么,在阿姨看来,绝对是我这个乡下孩子没见过世面,趁她不在偷拿了小吃食。

我在人家的椅子上如坐针毡,几乎喘不过气来,稍稍平静下来,就赶紧告辞。我母亲的同事果然要给我压岁钱,因为被母亲叮嘱过,还因为刚才说不清的事儿,我死活不拿。阿姨却有办法,她把我的小身子环住,硬是把五毛钱塞进我的上衣兜里,又说兜兜太浅,恐会遗失，最后塞进裤兜才算。

从她家高高的门槛翻出来时，我同学裤兜里的瓜子因为装得太满撒落了。谢天谢地！我觉得真是太好了，这下可说是还了我一个清白。其实我母亲的同事在给我往兜里塞压岁钱时，就应该发现我的兜兜是空的，那就已经很能说明问题。

揣着新崭崭的五毛钱，我从南街出来经过十字街，一眼就看见书店台阶上坐了一片看画本的孩子。我心里一动，握紧兜里的五毛钱上了那个高高的台阶。一整个下午的时间我就是在那儿度过的，25本画本看得我忘了肚子饿，也忘了回家。直到把最后那本《游西湖》恋恋不舍地还回去，身边的孩子都走光了，人家也准备收摊。

我饿着肚子一路回家去，经过南河上的小木桥，桥下汩汩的流波在我眼里变成了西湖水，脚下晃晃悠悠的小木桥也成了李慧娘乘坐的游船，脑海里不断浮现画本中裴生被取了头颅的那一页。心里害怕，越走越快，不小心就把我母亲的教案书掉进河水中被冲走了。

回家挨一顿骂是免不了的，但有那么多画本中的故事装在心里，我觉得整个人有了底气，也有了不怕挨骂的勇气。只是，那个学期，可怜我母亲，不知多少个我们都熟睡了的深夜，她还在抄借来的教案书。

高中，我遇到一位会写诗口才又极好的历史老师。只凭他会写诗，且写得好，就已经使我们倾倒。至于他在课堂上妙语连珠给我们讲世界历史的大事件，从来不照本宣科，却不会记错任何事件发生的年月日，又讲得绘声绘色，仿佛他自己就是事件的亲历者。这就由不得我们不崇拜和喜欢他。

春天里，听说历史老师要结婚了，新娘是十字街国营商店的营业员，我们班很多女生都在放学后跑去那个商店偷看过老师的未婚妻。商店的橱窗镶着许多红色长木板，门也是红色的，上面写着大大的"忠"字。我们磨磨蹭蹭进去，假装要买东西，东看看西看看，只敢用眼角的余光瞟一眼那个即将要做我们老师新娘的女子。

被偷看的人也许并不知道，也许知道了却不在乎，始终泰然自若。倒是我们心慌得厉害，同时也遗憾那女子并非风华绝代。

出了国营商店的门，有一片小小的空地，摆几家小吃摊。麻辣粉是我们的最爱，五毛钱一碗，几个女同学一人买来一碗，面对面坐在矮桌前，边说话边吃。常常有一个说着说着就停下来，深吸气，翻白眼，那就是被花椒麻着了。我们便故意催她快点吃，做出不愿等她的样子，直到她嘴里哈着气，眼泪哗哗的，大家这才罢休。可也没有什么好办法解掉剧烈的麻味儿，就算别人没有被麻到这么厉害的，也是吃完好一会儿了还在呲呲地吸凉气。

老南街没有开发时，靠近十字街处有一家好喝的醪糟，还有一个冰棍厂，都曾是小时候最吸引我的地方。我有个姨婆家就坐落在距十字街不远的南街口，小四合院，雕花木格窗子，木门槛常年被

261

擦拭得油光发亮。青砖墁铺的地板，蓝幽幽、潮乎乎的。我每次随母亲去姨婆家，看到她们家的地板，都感觉那砖缝上随时能长出草芽儿来。

姨婆是出了名的爱干净，小屋子里几样精巧的家具常年保持一尘不染，就连柜子桌子的腿脚每天都要用抹布擦一遍。年节时去姨婆家，姨婆给我点心和油炸馃子吃，这两样酥脆的食物总会掉碎屑，于是我一旦动嘴，姨婆家的小地桌上就会一片狼藉。

赶上城里唱大戏，我母亲还会带一只姨婆家的小凳子领我去戏场。戏台子建在十字街靠西的体育场，距街心约二十米。台上有青衣花旦我就踮着脚看一会儿，如果是花脸或者打打杀杀的场面，我就不看它。我去逛人群后的各色小摊点。竹篮寨胖娃、外地糖人、折叠翻花、像纸一样薄而脆的玻璃叮当，以及色彩艳丽的各式纽扣。每个摊点都守着个看上去极其有意思的人，这个人又守着一摊子变幻无穷的故事，他们相互依赖着，曾经那样鲜活地丰富过我对于十字街的一部分记忆。

我有个中学女同学，她家和我家隔南河相望，我们常在河边上玩，去过彼此家里。她们家有一株高大的拐枣树，中秋节之后，落过几场薄霜，拐枣就甜了，我们自己打拐枣吃，回家时还要带上一大把。我这个同学喜欢缝纫，手也巧，高中毕业学裁剪，专做各色中式服装，先是在家里接活干，结婚后在夫家门前开了个门店。她夫家和我姨婆家是邻居，离十字街很近，是做生意的风水宝地。

那些年，她的小裁缝店一度很挣钱，丈夫常年做水道清洁工作，收入也不错。在计划生育政策很紧张的时期，躲着藏着生了三个孩子，最小的是儿子。我在南河桥头矿管办院子住的时候，常带孩子去找她玩。她给我三岁的儿子做花罩衫和花布帽，穿戴起来就像个女孩子；也给我做中式马甲，单的棉的都有，耐穿又实用。

后来我搬了家，新家就在十字街靠东一百米的地方。当时看好那儿的房子，是因为我有个心结，就是从小对十字街的喜欢和迷恋。我终于坐落在城中心，出门就看到十字街。那时候百货大楼和新华书店都已经被拆掉，新的建筑站在比当年大了不止两倍的十字街口，老南街也随着开发焕然一新，冰棍厂和醪糟店不知搬去了哪里。爱干净的姨婆也已经作古，我那做裁缝的同学在南坝里自家的承包地里新盖了楼房，搬到城外去住了，裁缝店也不再开张，说是丈夫的收入颇丰，完全能养活得了一家人，她只在家照顾孩子们上学。

这样我们见面的机会自然就少了许多。一回在医院门口遇到，我发现她憔悴不堪，问她怎么啦。未开口眼泪就先出来了，告诉我她丈夫在给一家商城清理化粪池的时候沼气中毒，撇下他们娘儿四人走了。

如此大的灾难，我不知道怎样去安慰才有效，我要给她点钱，她推辞不要，说不缺钱，商城给了赔偿，有好几十万。接着叹息一声：

263

有钱又能咋？换不来我一个大活人！有人在，世上的钱挣也挣不完。

那以后，我更少在街上见到她，偶尔想起，唯有感叹她的苦命。想她长得漂漂亮亮的一个女子，一双巧手裁剪缝补，不知装扮过多少人，也不知使多少人的平常日子因为新衣新帽而美丽过。可是如今，她又该怎样去缝补自己的生活？

再遇见，却是在十字街的红绿灯下，她蹬着一辆电瓶车，前后各带一个孩子，说是要送往学校去。几十秒的相遇，我抓紧时间问她有没有再成家，她告诉我，现在不考虑，等孩子大点再说，她可不想让亲骨肉在别人的脸色中长大。

我从她说话的神情和依然脆生生的声音中，判断这个能干要强的女同学已经从悲伤中走了出来。生活的磨难使她变得更坚强，也更清醒。

这样又过去了几年，前几天我从家门口的超市买了东西出来，迎头遇见她，一脸的灿烂阳光。说是在超市找了个活儿干，每个月近两千元工资，两个大的孩子都已经工作了，小的上高二。她仍然一个人。待在家里嫌闷，出来挣俩零花钱。她给我留了新的电话号码，并互相加了微信。我问她在超市哪个片区，下回来好找她，她像个男子一样爽朗而大声地说：保安！

可以历练到给别人当保安，这可真是我没有想到的！她让我既感到欣慰又有些许的心酸。

那天晚上我去了趟乡下母亲家,回来路过十字街靠西原先的县政府大门口,看到那株直径约一尺多的香樟树上贴了张鲜艳的红纸,用墨笔写着几行字:

天皇皇,地皇皇,我家有个夜哭郎。过路君子念一遍,一觉睡到大天亮。

原来是个夜啼帖。

看来这家孩子的父母也是对十字街情有独钟,不远处的公园里有好几棵大树,却只看中这儿的香樟。也许他们考虑十字街来往的人多,又是早先的县政府门口,要是用从前的说法,也算是衙门呢。

但愿凝聚在十字街的诸多祥瑞,能给这个孩子带去夜晚的安宁。